我的父親母親

邢鐵 著

目錄

一、寸草春暉

二、柏拉圖如是說

三、陽光的秘密

四、一種感覺

五、消失的老街

六、霧裏看花

自序

　　時間真的是一個十足的雙面人，既有在艱辛和困惑中漫長的一面，也有在驀然回首時的白駒過隙之感。曾幾何時，總是覺得來日方長，總是覺得血氣方剛，也總覺得兒時的夢想總有實現的時候，一切都不必著急，該來的都會在你不經意的時刻悄然而來。可到了雙親不待、兩鬢斑白的年齡，才突然明白歲月是如此脆弱，一不小心，便已經走過了大半個里程。回憶和懷念或許是每一個暮年人無法繞開的話題：有對父母的、有對戀人的、也有對那已經模糊了面龐的兒時夥伴的；更是到了這個年齡，經歷了許多的事情，才知道周而復始的顛來倒去或許就是一種再正常不過的事情。於是寫作便成了一種無奈之下的排解方式，同時記錄一點自己的人生感悟，留給現在和未來還會真正關心生命價值的人。

　　大概算一算離自己第一本詩集《心靈之舟》的出版已經過去了二十多年，而離那本詩集裏絕大多數作品的寫作時間卻是過了更長的三十多年。想想自己在這三十多年裏都是在為生存而苦苦拼搏，兒時的夢想也只能在睡夢裏偶爾眷顧，在迷迷糊糊中聽她叩打心門的聲音。

即使有些許觸動和感慨，但在醒來之後還是不得已只能將她冷落深宮，去為那些皮囊之外的七七八八而嘔心瀝血。在這些年裏，自己從北方到南方，再從深圳到香港，為了找尋心中的故鄉，在不斷地適應著新環境帶來的各種風雲雨雪，又在這些風雲雨雪裏思考著歷史和生命的意義。這本詩集裏的每一首作品便都是在這樣的環境中落下的情感雨滴。

第一輯「寸草春暉」記錄著我對雙親的無限思念，也是我出版這本詩集最核心的意義。父親，名諱國溫，字中和，生於河南濟源一個書香門第之家。由於祖父早逝，家道中落，只讀了幾年私塾的父親十六歲時便挑起了養家的重擔。一個人趕著一輛牛車拉土運石硬是蓋起了三間房屋。牛老了，不忍心被湯鍋屠宰，還是把牛贖了回來，把牠養老送終，擇地掩埋。這就是我寫在〈父親的老牛〉中的真實故事。後來，沒有子女的叔嬸覺得我們家裏人口多，便鼓動祖母分了家。眼看靠種地無法養活一大家人，父親便挑著擔子獨自一人離開了家鄉外出謀生。他走出王屋山，進入山西，然後再經左雲、右玉徒步千里進入綏遠省。從一個走街串巷的小商販，逐漸成為了綏遠省豐鎮地區最大的書刊文具商，並把全家

老小都帶到了豐鎮。也許是因為祖輩遺傳的基因關係，父親一邊經商一邊大量讀書和苦練書法，期間並和各大出版商建立了良好的關係。也是在這裏，父親經歷了抗戰前後的十多年時間。日本人佔領豐鎮的那幾年，父親和一個喜歡書法的日本反戰醫生建立了良好的個人關係，他們切磋書法宣傳反法西斯的思想；傅作義部隊進入豐鎮後，父親簞食壺漿為過往將士免費提供食住並捐錢捐物。駐紮當地的軍官有的也是書店的常客，和父親也有一定的交往，經常邀請父親參加國民政府組織的一些活動；後來新中國建立，父親本以為可以大幹一場，好好發展自己的圖書事業，想在歸綏（今呼和浩特）和包頭建立自己的分支機構，可不巧遭遇了各式各樣的運動，父親的書店和靠辛苦打拼建起的宅院也被迫充公，一家人也被遣返回原籍。走時，家裏養的黑狗一直追在車後奔跑，而一直待如家人的夥計們卻沒有一人為東家送行。這一段故事我也寫在了〈父親〉和〈母親〉這兩首詩裏。回到家鄉，本來已經一無所有的父親卻因為祖上還留有幾畝薄田被劃為新中農，在以出生貧顧農為光榮的年代，幾個讀書的兄姊也在同學們面前抬不起頭來。那時家裏已有了七個孩子，且都尚未成年，怎麼樣

把孩子養活、養大成了父親最大的心事。父親無奈只能再一次來到綏遠（那時已併入內蒙古），但時過境遷，個體經商已經不再被允許，父親就只能在幾個表兄弟的幫助下在一個運輸站裏當起貨運工人。先是拉車，後來又是蹬三輪車，靠苦力賺錢養家，一肚子的詩書和抱負只能擱淺在深深的嘆息裏。可不幸的是，就是這樣的生活也沒有維持多久，文化大革命便開始了。由於父親之前經過商，和日本醫生有過個人交往，也支援過國民黨軍隊的抗戰，參加過三民主義學習班等活動，以及對偉大領袖毛主席的書法有不是很高的評價等，父親被清算批鬥並扣上了有歷史問題的帽子。之後的父親變得不苟言笑，他只能默默地工作，他早出晚歸，盡可能承接一些長途的貨運活兒，用超負荷的勞動多賺一些薪水，好給他的孩子們提供最起碼的生活條件。我是父母的第九個孩子，那時由於有幾個兄姊已經工作，家境也變得不再那麼窘迫，父親於是把希望寄託在我的身上。在文化匱乏和信息封閉的年代裏，他教我讀詩、書法和珠算，給我講許多鮮為人知的人物傳記和歷史故事，這些都是我童年最值得回憶的往事，也讓我有了和大多數同齡的孩子不盡相同的記憶。這些故事我寫在了〈父親寫

給我的字帖〉、〈回憶父親〉、〈父親節的記憶〉裏。我上小學了，父親的年紀已經讓他感到幹活時的力不從心，為了能幫幫父親，我和姊姊有時會在星期天的下午等在紅星電影院的門口，那是父親拉車必經之路，前面就有一個很陡的坡，父親拉著滿載的貨上去會感到非常吃力，這個時候我和姊姊就會跑過去推車，看到父親能稍稍直起一點腰了，我和姊姊都會在心痛之餘略略有一種欣慰的感覺。有一次，學校包了一場阿爾巴尼亞電影《戰鬥的早晨》，我們排著隊往電影院走，突然我看到了拉車的父親，皮帶深深勒進了肩膀，一副非常吃力的樣子。我不顧一切地衝出去，把自己能使出的最大的力氣毫無保留地推在了車上。父親感覺到了，回頭看見了我，那溫暖的眼神讓我忘記了周圍的一切，他塞給我五分錢硬幣讓我去買一根冰棒，我瘋了一樣地跑過去把冰棒買回來，又固執地非要父親先咬上一口。父親拗不過我，只用乾渴的嘴唇輕輕觸碰了一下，我踮起腳來用掛在父親脖子上的毛巾為他擦了擦臉上的汗水，可當他聽到旁邊有同學議論時，眼神裏頓時閃過一絲歉疚，囑咐了幾句便轉身拉著車走了。我看著父親的背影淚如雨下，手裏還緊緊握著那剩下的一分錢硬幣。我把這件事

寫在了〈那一年 父親的背影〉裏，每當想起就不禁淚
目。後來父親平反了，但我們在豐鎮被充公的書店、商
鋪和宅院卻以時過境遷、無法查找為由拒絕給予歸還和
賠償，只是給了一個安排子女就業的指標。更遺憾的是
幾十年過去了，父親已經年邁，並因過度的體力勞動而
積勞成疾，不但滿腔抱負無法得以實現，更是在因突發
腦溢血而在醫院的走廊裏延誤兩個小時卻無法得到醫
院及時救治的情況下，過早地離開了我們。那年他只有
六十一歲。父親的一生辛勞、坎坷、傳奇；在我的記憶
裏，他給我智慧、給我力量、給我方向；在我心中他是
天下最好的父親。

　　母親的這一支李姓家族更是方圓幾十里有名的望
族，家族裏不但有舉人和秀才，更不乏有燕京大學的學
子。外公的書法更是遠近馳名，每逢過年求對聯的人能
從家門口排到村口，足足有幾里長。外公算是中國最後
一代鄉紳中的幸運者了，在運動來臨之前便在自家院子
裏的藤椅上無疾而終了，這也免去了他後來目睹任電報
局長的長子不幸的結局和小兒子在飢荒的年代裏啃吃野
菜中毒身亡的痛苦。父親到包頭打工後，母親一個人在
家不僅要照顧七個孩子的生活，還要伺候年邁的祖母。

母親常常是白天下田裏幹活，晚上紡紗織布，還要督促孩子做好功課。在父親到包頭的一年後，母親終於接到了父親寄來的隨遷入戶指標。可當時的公社幹部卻無故百般刁難，不給開出遷移證。為此母親並沒有低頭，在她倔強的性格裏從來都不乏一種不服輸的勁頭。她靠著外公生前的威望，搬動了鄉裏所有德高望重的前輩，迫使這個公社幹部妥協。就這樣，母親一個人帶著七個孩子，帶著全部的家當，先是坐馬車到縣城，再坐汽車到焦作，又坐火車到新鄉，轉北京再轉大同，最後到包頭。靠著一口袋乾糧和自來水龍頭裏的水，母親硬是把這一趟旅程走成了讓子孫永遠都感到驕傲的故事。來到包頭後，一家人只能靠父親微薄的工資來維持生活，孩子們都是在長身體的時候，糧本上的定量根本就不夠吃，母親只能用那總共只有可憐的百分之二十的細糧去換多一些人家的粗糧，為的是讓孩子們填飽肚子。為了給父親減輕負擔，母親和親戚們借了些錢買了把氣槍，把孩子背在身後就在街邊做起了打氣槍遊戲的生意。買不起真的氣槍子彈，母親就用毛線纏著鐵釘自己做，就這樣硬是打出了一片小天地。在我剛剛有記憶的時候，母親接到外婆去世的電報，可母親無力返鄉送別外婆，

只能坐在院子裏一邊哭一邊為自己縫製孝衣。那個黑底紅心竹製的針線筐是母親從家鄉帶來的，它時不時會隨著母親拉扯針線而在地面上發出一陣陣聲響，彷彿在陪著母親一起哀傷。我坐在一旁看著傷心的母親心裏也很難過，母親曾和我說過有一天會帶我回老家見外婆的，可這一下我從未見過的外婆永遠也見不到了。在我讀小學五年級的時候，隨母親回濟源住過一段時間，看到了我們家曾經的老房子和清澈的汾河、沁河；也見到了那個曾經的燕京學子現在卻住在窰洞裏消磨餘生的大舅。他已年邁且飽經滄桑，窰洞裏的陳設雖然簡陋但卻格外整潔，而且還有一個在那個年代裏很少見到的放著好些書的書架。可我不知道的是那個時候的大舅還沒有平反，很少有人和他接觸，母親帶著我買了兩包點心去看他時，他的臉上漾著久違的快樂。母親生在讀書人家，卻沒有讀過什麼書，但基因裏卻少不了對文化的渴望。她對子女的要求永遠是把學習放在第一位的，只可惜，我的兄姊生不逢時，雖然個個都是班裏的好學生，但不是因為家庭困難不得已提早工作，就是因為父親的歷史問題和被上山下鄉的大環境所迫失去了讀大學的機會，只有我這個最小的孩子趕上了文革後重新開啟的高考。

母愛總是無微不至的，我喜歡吃什麼，衣服是不是又到了換季的時候，這些都是母親最關心的事情。父親走後，我成了母親最大的寄託，在送我上大學走的那天，母親在站台上失聲痛哭的樣子多少年來一直揪扯著我的心。兄姊們都已經成家，本來家裏只剩我和父母三人，可就僅僅在幾十天內，只剩下母親孤單的一個人了。畢業後，我在一所中學教書，母親陪伴著我度過一段溫馨的日子，我曾牽著母親的手去看台灣電影《世上只有媽媽好》；也曾用我努力賺來的錢為母親買了她心心念念的金戒指和金耳環。母親當即就戴上了，我這時才發現母親的耳朵上早已有穿耳環的洞，母親告訴我說，那是小時候外婆給扎的，上一次戴這些東西還是三十多年前在豐鎮的時候，父親做生意賺了錢買給她的。看到母親高興的樣子，我也感到無比的幸福，只是覺得母親這三十多年來的隱忍是我無法想像的。後來，我下海經商，遠赴深圳，母親七十多歲高齡還來照看我的孩子。母親回到包頭後由於穿著有點像南方人，被幾個圖謀已久的壞人跟蹤，哄騙她說我在深圳有難，要母親花錢救我。母親聽對方說得有鼻子有眼且對我們的家庭情況瞭如指掌便信以為真，結果被騙去了所有的積蓄。我聽

到消息，被感動得不住地流淚，母親一生勤儉，恨不得一分錢掰兩半花，可當她聽到兒子有難，卻捨得傾其所有。因為人地兩生，母親不願再來深圳生活，為此我特意在內蒙古為母親買了房子並註冊了一家公司，為的是能陪伴在母親身邊。只要時間允許，只要我在內蒙古，我經常都是驅車一百多公里回家和母親同住。七十九歲那年母親股骨脛骨折，我頂住幾個兄姊的壓力堅決主張為她積極治療，手術後很快就可以恢復正常行走。她每日傍晚都會坐在小區的入口處等我，看到我的車開過來，便毫不遲疑地起身跟著我的車子回家。那一刻我就感到家的溫暖是用多少錢都無法買來的。八十八歲那年，母親因糖尿病併發症導致腳趾潰瘍不癒，在家庭裏一片陽壽已盡、放棄治療的輿論壓力下，在我的中學老師的鼓勵和幫助下，我堅持為母親做了截肢手術，因為挽救母親的生命在我看來是一件決不允許協商的事情。之後，母親行動不便，只能坐在輪椅上了，兩個受我委託且每月接受我支付贍養母親生活費的姊姊，只顧為這點費用的分配吵吵鬧鬧，卻很少能陪母親出去散散心、說說話。母親開始變得自言自語，漸漸地患上了阿茲海默症。母親好像不再認識我了，可卻常常在一個人的時

候不住地呼喚我的名字。為此，我很想把母親接到深圳居住，但因當時我一直單身，又要照顧生意，家裏經常沒有人，我便只能和同在深圳的哥哥商量可否一起把母親接來，只要我在深圳我來照顧，如果我不在，哥哥嫂嫂來照顧，我另外每個月支付哥哥一筆贍養費。起初哥哥滿口答應，可卻遭到一直沒有工作而長期賦閒在家的嫂嫂的堅決反對，一向懼內的哥哥選擇了向嫂子妥協。哥哥結婚後就像變了一個人，好在哥哥沒有兒子，不然這個女人必定毀他三代。這件事情之後，我和哥哥幾十年的感情也就此畫上了句號，再也沒有來往，再也不願來往。母親九十二歲的那年除夕，接到侄子電話，說母親在大姐家裏陷入昏迷，而滿腦子老思想的大姐則拒絕把母親送院。我讓侄子立刻打電話叫救護車，然後給當院長的朋友打電話求援。好在院長很給力，在最短的時間內安排入院搶救，我也在大年初一趕飛機回到了包頭。在 ICU 裏住了很多天，又轉到普通病房，在院長和醫護人員的關照下，在和深圳的幾位醫生朋友的共同策劃下，又一次把母親從死神手裏奪了回來。回到家後，哥哥姊姊忙著各自家中的事情很少來探望，而我卻獨臂難支，又不能在包頭待太久，無奈之下只能把母親送回

到了養老院,而回到包頭的我也因過度勞累而大病一
場。母親九十五歲時的一個晚上,我在香港又一次接到
侄子打來的電話,說母親在養老院裏走了,走時身邊沒
有一個人陪伴。據養老院說;發現母親有發燒和嘔吐的
現象,便給一個姊姊打了電話,姊姊也去了,但沒有安
排送院,又因擔心要下大雪,惦記已經三十多歲的「媽
寶男」兒子是否能吃好飯,便沒有繼續陪伴母親而匆匆
離開了。就在姊姊離開後的當天晚上,母親便無聲息地
走了。我急急趕回去,抱著母親的身體痛哭一場,在處
理完母親的後事並把父母合葬後,拒絕參加家裏人的聚
餐,便離開了包頭,從此再也沒有回去。雙親在,我尚
知來處;雙親不在,生命只剩歸途。我曾經溫暖的家,
給我生命和愛的家,從此就只能永遠地留在心裏了。

　　第二輯「柏拉圖如是說」取自其中一首詩的詩名,
而本輯包含的二十七首作品基本上都是在體現一個反
思的主題。人生走過大半程,怎麼能沒有一點感悟和認
知,但如何以詩歌的方式講出來,又講到什麼程度合
適,確實是一件比較困難的事情。但無論如何,人有權
利不被任何單一的信息洗腦,而應該了解任何一件事情
的全部經過,拒絕支離破碎和斷章取義。詩歌的本質就

是源自於哲學，或者說哲學無法說透的東西便是詩歌的用武之地。〈柏拉圖如是說〉正是以詩歌的語言在詮釋著柏拉圖的「洞穴效應」。而〈冬天裏對童年的遐思〉則是用現在的眼光去看待過去發生過的事情，用穿越的方式來找尋歷史驚人的相似與周而復始的必然結果。〈渡口〉則是通過對生與死的認知，從而確立對生命的態度。總之，這一輯主要是在思考，思考真理與謬論、思考強大與弱小、思考得與失、遠與近、美與醜。這個世界上一切東西都不是一成不變的，隨著時間的推移，你常常會發現原來你苦苦追尋的並不一定是你最想得到的。而這才是真正的一切兼是空的道理，並不是你什麼也沒有，而是得非所願，造化弄人，一切彷彿都是一齣戲。

第三輯「陽光的秘密」主要是受詩人北島所著的《時間的玫瑰》一書的啟發，對幾位在世界詩壇留下深深印記的現代詩人的緬懷。另外還包括了紀念詩人流沙河和去紐西蘭顧城故居時有感而發寫下的兩首作品。在這一輯的十二首作品裏，每一位大師的句子都閃耀著不朽的光芒，穿越時空，覆蓋著過去和現在，彷彿在講述著不同時代、不同國度、不同種族的人看似不同卻又格

外相似的人生旅程。

第四輯「一種感覺」應該說是對情感的再思考，有自己曾經執著的、也有被忽略和遺忘的，中年之後再一次回想，卻是另一種感受。美好的青蔥裏有多少稚嫩和遺憾，也許只有拿起來再放下，走過去再回頭，才能深深感受到。可歲月不可能回頭，時光也不會倒著走，用過來人的經歷給年輕人講大道理永遠都是徒勞的，就像自己年輕時常有的那種不屑的神情，又何曾考慮過年長者的一片良苦用心？本輯選取的十六首詩裏的「她」包含了過去的戀人，曾經的同學、朋友，萍水相逢的女子和未曾謀面的夢中情人，以及社會事件中某個假想的替身。分別代表著感情的多種角度和多個維面，又從不同的角度和維面中折射出人類對情感的多層次需求。一個健全的人、一個坦率的人、一個純粹的人，必定會直面這樣的需求，並且在這人類複雜而豐富的情感需求中做出既尊重他人又尊重自己的取捨和選擇。當然，反思最多的還是自己的初戀，但此時的心境已和三十年前大有不同，當你看清了感情裂變的本質，你懷念的只能是無法回去的往事，而不再是往事中的那個人。就像我在〈你和故事〉中寫到的：「真的不想再翻出過去的你／

你離開的方式　像一塊橡皮／擦去了你曾經寫給我的所有誓言／我能珍藏的／只剩下那張已經發黃的稿紙」。再比如在〈之後的回憶〉裏我這樣寫：「沒有什麼比影子更純粹／懷念把記憶過濾／再塗上自己喜歡的顏色／將我們曾經的愛情進行到底」。是啊，愛情本身是不會改變的，那是一個人一生的追求和夢想。改變的只能是愛情中的某一個角色，痛定思痛，我們所要忠貞的只能是心中不變的愛情，而不是愛情中已經改變了的人。

　　第五輯「消失的老街」是對我童年和故鄉的懷念，那種雖然貧窮，但簡單、樸素的情感卻是深深烙在心靈深處的。那條老街裏有鐵匠鋪、縫紉店，還有坐在黃綠相間的柳條上哼著市井小調編著筐笸的篾匠。那個時候垃圾從來都不會亂丟，人們要等到收垃圾的馬車車伕搖響鈴鐺，才會把自己家的垃圾丟到車上。可當物慾漸漸主導了生命的價值而世風日下時，對過去的懷念就不僅僅侷限在懷念的範疇了。在童年的記憶裏，我最想提到的就是那個慈祥的房東薛奶奶。她有三個兒子，其中兩個大名鼎鼎，一個是大學校長，一個是國家級文工團團長、小提琴家。本來我們住的那個院子都是她的，可在文革中她被迫害致死，整個院子都被充了公。我只知道

小時候她特別喜歡我，無論有什麼好吃的、好玩的都會特別給我留一份，她也同情我父親的遭遇，更是常常以央求的口氣讓我的幾個哥哥幫她做點小事，而後又千謝萬謝地塞給哥哥些零用錢，她就是以這種不傷害我們自尊的方式幫助著我們這個人口多、生活困難的家庭。在一次批鬥會上，她從站著的凳子上摔下來，當時就不省人事。第二天早晨我對母親說，昨晚夢見了薛奶奶，她告訴我她明天要死了。母親聽後呵斥我不許胡說，可怔了一會兒，又給我換了件乾淨的衣服，領著我去看望了薛奶奶。薛奶奶已經被趕出了正房，住在了她的孫女家裏。那是一間以前的庫房，在小院大門的外面。薛奶奶躺在火炕的最裏邊，蓋著厚厚的被子，臉色有些發黑，眼睛似閉非閉，眼角還掛著未乾的淚痕，一副奄奄一息的樣子，已經不是往常那個笑容滿面的薛奶奶了。母親拉我走到跟前，叫我喊聲薛奶奶。我用怯怯的聲音連著喊了兩聲，薛奶奶似乎聽出了我的聲音，努力地睜開眼睛，又努力地把頭扭向我的方向，綻開了平日裏她曾對著我的那份笑容。我突然未經母親許可便大聲說了句：「薛奶奶你不會死的，不會的！」母親有點不好意思，摟了摟我的肩膀，示意我不要亂講話。可薛奶奶卻笑

了，她用很微弱的聲音吃力地說道：「好孩子，人哪有不死的，可奶奶臨死前能看到你很高興，你很像奶奶那兩個兒子小時候的樣子。」說到這裏薛奶奶停了停，喘了幾口氣，然後接著說：「雖然他們現在也被關了起來，但你以後還是要好好讀書，你一定會有出息的。」薛奶奶再一次停了停，微微閉上了眼睛，最後似乎是自言自語地弱弱地說了句：「天總會亮的。」這時，我看到有兩顆淚珠從薛奶奶的眼角滾落下來，濡濕了她兩鬢的銀髮，我的眼裏也噙滿淚水，視野變得模糊，彷彿眼前顯出靜靜的河面和一大片松樹林，在嚴寒的冬天，掛著晶瑩的霧淞，薛奶奶正站在樹枝下向我微笑。第二天早晨，窗戶紙上剛剛露出一點亮光，我就被從薛奶奶住的房子裏傳來的哭聲驚醒了，我知道一定是薛奶奶走了。薛奶奶走後我常常在夜間看見她，看見她趴在我家的窗戶上看我，笑瞇瞇地和我說話，我有些害怕，整晚不敢睡覺。母親知道後，特意去買了些水果和點心，點了根香，然後靜靜地說：「他薛奶奶，我知道你惦記孩子，常來看他，可孩子還小，有點害怕，等孩子長大了會記得你對他的好，現在就讓孩子平安長大吧！」說也奇怪，打那以後就再也沒有在夜裏看見過薛奶奶。可五十

多年過去了，我忘記了許多童年的夥伴、兒時的同學、長大後的同事以及商場上的酒肉朋友，可薛奶奶卻一直住在我的心頭和心頭那座曾經方方正正的小院子裏。

第六輯「霧裏看花」所選的二十四首詩主題比較多元，其中特別收錄了我在大學時代的三首作品，雖略顯幼稚，但卻記錄了我在那個時代的影子。在這二十四首詩中，有困惑、徬徨和不解；也有內心深處的自我叩問。但我知道，無論是寫自己還是寫別人；也無論是寫花寫草、還是寫蛇寫天鵝。其實我都是在寫自己的憤懣和不滿；寫自己的期待和執著。我不願放棄夢想，我更不願對這個世界失去信心，因為這就是我願意繼續生活下去的全部理由。

邢鐵

貳零貳參年伍月於香港

一、寸草春暉

父親

當我也成為父親的時候
才看到了你身後壯麗的景色
可我卻只能站在時空的這一頭
握著往事靜靜遙想

或許是潮汐的聲音喚醒了你的想像
一副擔子便告別了流淚的王屋
你挑著夢徒步千里
渴望能踩出一片靜好的天地
可這世上哪還有桃源溪路
你剛剛築起的籬落
卻被那一年之後的洪流沖毀

你不願抹去我塗在牆上的醜鴉
只教我如何把它種在老屋的窗櫺下
坐在那條老舊的木工長凳上
你雕琢著我童年開在夢裏的花
你為我折疊的紙鶴總是能飛出很遠
你教會我怎樣才能研出

透著顏筋柳骨的墨香

你牽著我穿過塗滿殘陽的街道
走進綠野覆蓋的村莊　你講那
「飛渡鏡湖月」的夢遊仙境
以及「落日滿秋山」的閒情逸致
在每一個日月交接的轉彎處
你也不忘在佈滿珠子的城池裏
經緯我那不該被蹉跎的時光

每當我看到蒼鬱的山巒
便如看見你遠遠地站在那裏
以你慣有的沉默與微笑
背著陰晴　擋著雨雪
你僅有的一次轉身而泣
是在我病弱的視線裏
從那一刻起　這場溫馨的小雨
足足在我心裏下了半個多世紀

你倒下時　正值桂花飄香的季節
夢裏流淌著的清澈溪水
彷彿是你最後留下的笑聲

你看著我策馬而去
向著你常指給我的那片原野
樹幹擦傷了你的臉頰
如一片落在你笑容裏的花瓣
而你的笑容卻融進了山巒

回憶像一次返鄉的旅程
父愛如最美的風景
藏在大山的深處

母親

你來到塵世的那一天
正值滿天穀米灑落成雨的日子
你也是倉頡的子孫
是最後一代舉子鄉紳的女兒
喜歡蹣跚著丈量父輩遠播的墨跡
那虔誠的人龍一直延到村口
成為種子　默默埋進心田

你總把往事說成是溪水
是沉落在溪水裏無奈而光滑的石子

在一個靜靜的晚上
你常撫摸的那縷長髯　在快樂中
從他熟悉的那張藤椅上
搖向了月亮
從此　黑夜把噩夢一次次拉長
有飢餓中銜著曼陀羅遠去的兄弟
還有和你一起遙祭亡母的
背井離鄉的針線筐

你總是念叨那隻黑狗
和自己家店鋪裏的夥計們一起長大
可風太猛烈　迎面吹來的時候
人們都無法開口說話
只有那隻黑狗送你們踏上歸途
牠汪汪地叫著　彷彿在說
要守住那座曾經溫馨的院落

你的目光如鐵　如河邊的青竹
覆蓋了鈎鐮、紡車和煤火
屋後的汾河水是油燈下清澈的謠曲
把你的夢托給了稚嫩的鼾聲
可你的心總是挺拔的
因為你也是王屋山的女兒

你的手掌像一面旗幟
引領七顆小行星開啓千里之行
馬蹄陣陣　喇叭聲聲　汽笛轟鳴
這周周轉轉的路呀
硬是把你扯成了一道絕美的風景

我是你的第九個孩子
誕生在你兩鬢染霜的熱望裏
你喚我作星　並塗上心一樣的顏色
希望久埋的種子抽芽生長
成為掛滿星光的楓林
你說　你要在林間盡情地歡笑

你把你的孩子背在身後便去鬧市裏開荒
鐵釘纏著毛線的汽槍子彈
劃過路人蒼白的目光
把心中冰冷的淚擊碎成溫暖的花

你牽著我去尋找牛棚裏的父親
路很長　我疲憊地望向你時
卻看到兩盞燈　掛在高懸的河面上
泛著堅硬的光

母親　你的淚水流在秋天
父親如橡樹般倒在桂花盛開的林間
你一下子孤獨成脫盡葉子的木棉
我也該去那片原野上狩獵了
黃昏的站台上　你的哭聲

如大地的呼喚
撕開了我作為男人的世界

再後來　你把我描繪成春天
我也看見了你在陽光下燦爛的笑臉
只是我還沒有聽夠你的故事
你便獨自離去
像悄然結束的一次怒放
把最後的馨香撒給了矚望你的目光

那馨香浸潤著你澆灌的樹林
以及那林間枝頭上無數豐碩的果實
你的背影卻如幽藍的謎
常常在夜晚迴蕩起慈祥的聲音
數著那些光滑而多彩的石子

我的母親啊
你把生前身後都繫在了那片田裏
大地也會記著你的一生

父親節的記憶

父親　你在天堂看見了嗎
我為你斟滿的梅酒　點燃的蠟燭
向著諸天之外　隔著重重銀河
道一聲　節日快樂

我的淚光如逝水流年的幻燈
映著你北方楊樹般挺拔的身軀
和麥粒一樣飽滿的笑臉
以及那落在心底久未解封的往事

那一年的夏天
本來明朗的天空被突來的黑雲遮蔽
淚水被世紀冷風吹入硯台
你除了無奈地塗抹本來傳奇的半生
還把你鍾愛的柳體寫成了你的心聲

你不願讓我的步履被你的窘迫羈絆
你便總是習慣用你特有的微笑
掩飾這個荒誕的世界

和世界上的一切荒誕

那時我很小　無法聽懂喇叭裏的雜音
可我總能看到深夜窗外的鬼影
你用滿腔期待捏碎屈辱
把你寬厚的愛輕撫在我的額上
講你上山砍柴和扛著長矛自衛的趣事

那一夜　我的眼裏
有火山噴湧般激動的面孔
還有浸透了老屋的無聲苦雨
可我就是看不到你已疲憊到極點的疲憊
當你堅定而慈祥的目光覆蓋我時
我知道你是天下最好的父親

父親　又到你的節日了
你還記得那個晚上我等你回家的樣子嗎

回憶父親

三十八年了　每到這一天
我都會遙望著天空向你祝福
我相信你一定收到了　因為
我似乎能聽到你在雲端深處的笑聲

記憶中　你像山又像水
淡淡的微笑總是融在沉默的蒼翠裏
你喜歡給我講遠方的故事
講我尚未見過的大海
以及海上的風潮霧礁和流嵐虹霓

儘管歲月的風霜也會讓你緊鎖眉頭
可你望向我的眼神
總讓我想到林間初升的旭日
那種溫暖讓我有時甚至不忍直視

我渴望你的臉上永遠是春天
可你每一次對我的誇讚
都選擇了我不在場的時候

兒時每一年的今天
都是我最最渴望的日子
你幾乎把一年中收穫的所有陽光
都灑向你的每一個孩子
然後再收攏我們各自的陰影
默默吞下

三十八年了　我一直為你過著生日
只是我選擇了不一樣的方式
我知道你喜歡聽我對著天空的絮叨
因為我聽到你笑了
你在開心地收穫著你播種的陽光

父親寫給我的字帖

石上坐三年
能把石坐暖
——田中角榮

當我童年的竹林沒有了色彩
你便把東瀛來客的話寫成了曦光
覆在那九天攬月的喧囂上
那一刻　你融化了空中的雪花
如同融化了漫天飛舞的神話

你不願讓血色的蒼白裹挾我的童年
輕輕揮毫　挑開了歲月的門簾
你牽著我的思緒去到南海的崖山[1]
聽波濤裏千年不屈的華夏

你撕去了那飄逸灑脫的墨跡
如同撕去太祖後人那苟且的人生[2]
倔強曾把你從峰頂推跌至谷底

但你依舊要站成樹的姿勢

你欣賞那相貌醜陋的信本[3]
講那索靖碑文前坐臥三日的趣聞
你敬重那兵解成仙的顏郎[4]
把人生活成了他字的模樣
可你還是固執地把給我的字帖
寫成了柳少師挺拔的脊樑[5]

你常感慨那終年蔥鬱的松柏
藐視著生命裏的那點風雪寒霜
你把字帖寫成黑夜裏的曦光
你又把曦光灑在了我的心上
伴著你的固執　你的倔強

注：

1　崖山之戰，元軍大敗南宋，二十萬南宋臣民，不願投降
　　受辱而蹈海自戕，有崖山之後無中國之說。

2　四大書法名體之趙孟頫本為宋太祖趙匡胤之後，南宋亡
　　國後，他卻在元朝為官。

3　歐陽洵，字信本，一日經過晉代書法名家索靖寫的碑文
　　時，久久不願離去，在碑前坐臥三日，後成一代名家。

4 顏真卿,唐代書法大家,一生歷四朝為相,剛直不阿,
　後被叛軍所殺,死後十餘年,據說家人在洛陽再次見到
　他,所以傳說是兵解成仙。

5 柳少師指唐代書法名家柳公權,為人正直,敢於進諫,
　書法風格剛勁骨感,官至太子少師。

那一年　父親的背影

看著你的車　從咿呀的稚嫩旁走過
你彎曲的脊背　濕透的衣衫
以及那深深勒進肩膀的皮帶
讓我的歌聲在胸腔裏幾近炸裂

你們繼續嘲笑我吧
哪怕準備著對我鬥私批修吧
我尚未被徹底蕩滌的童心
裹著我的親情衝出隊列
把我微弱如嘆息的力量
化作了你腳下的輕風

你回望我的笑臉
像秋天裏金黃的麥田
你塞給我的那枚五分錢硬幣
讓我衝刺般地去換回一根冰棒
你拗不過你遺傳給我的倔強
用你乾渴的嘴唇輕輕觸碰
我踮起腳為你擦去臉上的汗水

你溫暖如冬日爐火的眼神
融化了我心中所有的寒霜

你聽到了旁邊嘰嘰呱呱的聲音
以歉疚的姿勢拉著車去了
那一刻　你的背影
在我潸然淚雨中模糊
模糊成沉默不屈的山巒
我彷彿也聽到　在我緊攢的手心裏
那剩下的一分錢硬幣
和歲月一同　陣陣嗚咽

父親的老牛

風　　從門窗的縫隙間擠進了新屋
搖晃著那盞老舊的油燈
和油燈一齊搖晃的　還有
父親那淺淺的嘆息　和窗外
你那哞哞的低鳴

那軋軋的聲音　穿透熹微的晨光
灑在鄉間小路和山林、石場
而你把這裝得滿滿的路途
踏成了厚實鏗鏘的足音
不經意間　你也用你的秉性
釋放著父親初為人父的沉重

當王屋山背起落日的疲憊
沁河上的清風　吹著你和父親
那濺著水花的輕鬆　那聲音
就如同遠處飄來的山歌俚曲
縈繞著你與父親那無言的默契

當你把喬遷的快樂馱給家人
你哞哞的叫聲中伴著幾許離愁
你不願揮別這幢新屋　以及
那每一根椽樑　每一塊石頭
彷彿不願揮別你曾經華彩的歲月

新屋裏那盞老舊的油燈
依舊在擠進來的風中搖晃
你看著父親從嘆息中挺起了身軀
把湯鍋的銀圓丟在風裏
此刻　你蒼老的眼中噙滿淚水
哞哞的叫聲中　迴響著
你最後的尊嚴　最後的欣慰

河邊　草坡　樹蔭下
你永遠地臥進了你的新屋
每當父親走到這裏
都能聽到迎面吹來的風中
有你哞哞的低鳴
彷彿在述說著你與父親的往昔

世上只有媽媽好

那一年　我牽起母親的手
走進了電影院
距母親牽著我看電影的日子
已過去了二十幾年

電影裏的歌　唱著母子相依的歲月
我的淚淌在歌裏
映著母親兩鬢銀色的記憶
從始至終　我緊緊攬著母親的手
肩起母親顫動的面龐
餘光裏　母親的淚淌著微笑和快樂
也彷彿流進了她期待的未來

又過了三十個春秋
我只能牽著母親的手走在夢裏
滿眼的淚光燦如滿天的星星
天地間響徹熟悉的歌曲
「世上只有媽媽好
有媽的孩子像塊寶」

母親的笑臉

再過幾天　母親就一百歲了
願望中　那被溫馨搖曳的一片燭光
將只能閃爍在
我無法觸摸的夜空之上

星光很遠　我夢裏的路很長
即便是月明星稀
我依然能從點點璀燦裏
看到那熟悉的笑臉

這笑臉曾是最美味的佐料
調進了兒時餐桌上那緊巴巴的秋天
這笑臉也曾是我心中的哪吒
守在我每一條心悸的路上
這笑臉還曾是一首首透亮的俚曲
伴著我的得意或失望……

快五年了　我時常遙望夜空
我知道　母親也一定在繁星之中
以我熟悉的笑臉　俯瞰著我

母親的味道

碧水沁河　成群的水鳥啁啾起落
嘲笑我　拋向水面蹦跳的石子
林間疏影　揉捏我一臉稚嫩
泥土殘葉裝點的歡快
和著岸邊那溫柔的槌聲

路燈　照著遠處等候的父親
也照著我和母親長長的疲憊
兩對腳印在燈影裏低語
我的堅強也在一點點抽芽
在那雙淚如星辰的眸子裏

戀人為我點燃了深秋的思念
青煙羃處　我被往事包圍
而響自爐火旁那恬靜的童謠
在月光灑滿小屋的夜裏
幫我找回了自己

兒時的小巷連著人間與天堂

你站在夢裏喚我的乳名
我的風塵拭不去你欣喜的淚水
你拎著的籃裏全是做給我的溫馨

山

清晨　你努力地撞破薄霧
躺進我歲月的湖裏
以你的蒼翠　你的遼闊

我還想坐在那輛腳踏車後
聽風雨退避的吼聲
星月下　寬厚溫暖的臂膀
是我如影隨行的家

童年一直巔簸在我心裏
也融進了這蒼翠與遼闊

玉米麵涼粉

童年是一片走不出的玉米田

那光禿的小小的山丘
藏在飯盒裏　伴著頭頂的晨星
金黃的鋼絲　纏繞著
每一個疲憊的午後

閒暇時　母親把蒿籽摻進鍋裏
我使勁拉動那寂寞的風
把玉米麵煮成了一輪暖暖的月亮

一層層　一片片
躺在清涼的竹簾上
和頭頂上的太陽默默凝望

月亮被一條條分割成行
撒上火紅、青綠五彩的顏色
記憶裏　那是讓我垂涎的
最早的詩

從童年起　我就泡在這
母親用玉米麵寫成的詩裏

清明望山

等著等著　清明就過了
可這個節氣實在太過殘忍
一副口罩便阻擋了我上山的路

山很遠　隔著一個季節的溫差
那裏的枝椏還掛著寒冷
可父母一定已在常綠的松柏林中
眺望著南方溫暖的風

我坐在村屋邊的土地廟旁
絮叨著壓在心頭的雲彩
從孩提時我的懵懂
一直到懵懂的我的孩子
僅用一個鐘點就走完了我的半生

爬到大廈的屋頂
我努力地望向天空的深處
眼睛　似乎已經飛出我的身體
與凝滯的空濛融為一色

我的父親母親啊！
我是否可以隔空拭去
落在你們庭院裏的灰塵

清明的日子過了
上山的路卻通在了心頭

又是清明

天還未亮　雨便從心裏開始下起
母親的歌謠摻著父親的墨香
隨記憶的雲一起飄來
在迷濛中　滴成淅瀝的思念

曾經熟悉的花一朵朵開著
遺憾卻如沉默的種子
只在凋零之後　才肯露出真容
進入身體　一遍遍地抽芽　生長　怒放

多麼想穿越回往昔呀
以今天的心態再做一回父母的孩子
哪怕只有一個夜晚
我也要守在你們的膝前
用溫情的眼神串起你們徹夜的嘮叨
然後把它掛在月光下

清明的雨一下就是幾十年
早已流成了一條源自童年的河

慈祥的願望漾在水裏
像一盞盞引我前行的燈

疫情下的清明

又是一個陰雨清明
又是一次斷魂思親
我獨自撐一把歲月的舊傘
努力往離天最近處攀爬
只希望能站得再高一點　再高一點
我對著天空喊　「父親母親啊
你們在天堂可好嗎」

這山一爬就是半生
兒時有母親溫軟的手牽引
艱難退卻時　又是父親鼓勵的眼神
在背後推著我的身體前行
如今　我的每一個步子裏
都似乎還印著他們喚我乳名的聲音

這個清明依舊孤單
我和故鄉隔著魔鬼砌的無形的圍牆
觸摸不到那刻滿記憶的老屋
也不能坐在你們長眠的小院子旁

和你們絮叨這些年的怪風怪雨
我只能向著大雁北飛的方向呼喚
並且相信　夜空中
一定有兩顆正在矚望著我的
溫暖的星星

這魔鬼已經逗留很久了
禁足　封城　好似回到了蒼白的年代
可我還可以站在高處大聲呼喊
即便有一天　聲音也被隔絕
但我還有一顆在淒冷的陰雨裏
思念溫情的　自由的心

二、柏拉圖如是說

柏拉圖如是說

你依舊靜靜地坐在那裏
脖子像插滿向日葵的花瓶
無法回望　也不知回望
你的雙腿也如生根的樹幹
無法移動　也不願移動

洞穴成了你苦戀的家園
一束束光從你背後的頭頂上方灑下
浸潤著你的身體　也投射在
你面前的那堵牆壁上　於是
扭曲的影子彌漫了你整個視野

那曾經晶瑩剔透的淚水
開始滴入那平靜的死海
呼喊聲也在這海裏湮沒
而臉上怒放的幸福　卻如
花瓶裡拒絕陽光雨露的笑容

你已經習慣了被綁縛的姿勢

忘記了曾經站立和奔跑的感覺
而遮擋在你身後的那堵牆下
忙碌的人們正在導演一齣齣皮影
這影子佔據了你的雙眸
你也漸漸和這影子融為一體
於是　把苦難塗抹給過去
把幸福講給現在和未來
把血雨腥風牽進外面的世界

你被陌生的手鬆開了繩索
尋光而去　你看見了神秘的火炬
鑽出狹小的洞口　耀眼的陽光
讓你無法睜開習慣於黑暗的眼睛
河流　山川　森林　草原
在你的腦際虛幻如陷阱
甚至鳥語花香也被想像成陰謀
此刻　你多麼渴望回到
那只屬於你的虛假的真實裏

道路被阻隔　你只能在海的另一端
與藍天白雲苦苦地搏鬥
那綴滿夜空的繁星

成為了你夢魘裏的幽靈
啃噬著佈滿你心頭的陰影

終於　在一個半夢半醒的時刻
你的雙眼重又滿含熱淚
你對著自己的軀殼喃喃自語
「遮住眼睛　哪還有黑暗與光明」

冬天裏對童年的遐思

故鄉的冬天來了
灰色的窗外已很少走動的人
還有那些不再流動的水
呆呆地望著橋邊結霜的鐵鏈
彷彿若有所思
卻又欲言又止

此刻　總會想起童年的冰車
兩條角鐵支撐一塊木板
便把快樂溜出很遠
連同那還不知何為禁忌的稚嫩想像
碾壓著街邊的污濁

不知遠方有海
不知南方的冬天也會百花怒放
只會在溫暖的角落
尋找石塊下那消失的土鱉蟲

從未見過鄰居家那隻鷹在鳴叫

可呆滯的瞳孔卻幻覺幽深
我問鄰居如果解開繩索
牠是否能搏擊長空又不須指引
鄰居嘆然
失去牠　只剩孤獨

冬天的夢最殘酷也最浪漫
冰雪消融中記憶像艘沉沒的船
夢在船裏
船在水底

童年也曾被雪花編織
卻又如雪花來去匆匆
更多的是周而復始的寒冷
凝固的空氣裏
只有穿越而來的遐思

霜降

這只是個開始
還是提前珍藏起昨天那股和煦的風吧
對於多愁善感的人來說
這個冬天或許會很長

忍不住回頭凝視
在楓樹上苦苦掙扎的紅葉
憔悴在凝固的風裏飄零
你君臨的氣息
吹散了昨天夢裡所有的雲彩

相信會有更多的生命
提出要加入冬眠的申請
花園裏靜悄悄的
我真的希望會有聽懂鳥語的人

你來吧　或許這個冬季
只會聽到土地凍裂的聲音
但只要世上還有人在釀酒
我相信杯中的月亮就會慢慢甦醒

有夢的小草

總有一陣陣風會吹過
你在沉默中被一次次點燃成綠色
在成為別人腳下的愜意時
你的無奈被演繹成野火中的浪漫

在陰暗處可以看到一種狡黠的笑臉
你被擠壓成一滴滴墨汁
寫成一句句美麗誘人的格言
覆蓋著炊煙　漁火和星光

無法迴避身旁挺拔的身影
所以你也渴望枝插藍天　面朝太陽
渴望看到你視野以外的世界
聽到太蒼間更多的竊竊私語

在一個夢裏　你實現了你的願望
也是在夢裏　你被暴風雨連根拔起
面對你同伴的勸阻與嘲諷
你的嘴角卻流露出一絲上帝的微笑

渡口

萬能的梵天輕揮手指
一股清溪從天而降
漸流漸寬　流成河水
流出一個只去不返的渡口

河的這邊　日升日落晝夜輪迴
悲傷與勞苦只能在夢中消失片刻
淚　怒放成晶瑩的花
便有了不願醒來的奢望

河的對岸　滿眼白色的百合
神奇的光穿透萬物
在沒有陰影的岑寂裏
明媚如夢

清澈見底的渡口　人潮如湧
幻覺從干戈中逃出
和透明的山川草木一起
化作永恆

河的這邊炊煙漸稀
萬能的梵天不得不再揮手指
一條通道橫在渡口的盡頭
颳著淒風　下著苦雨

拂曉的囈語

白天已隱去了很久
像童年時躲貓貓的遊戲
不願被發現卻又渴望被發現
只是那屬於驚喜的瞬間
還在蘊積

光彷彿已經在隱秘而含糊地私語
陰暗的樹木發出微弱的喧噪
心像一隻飛翔的鳥
啄開了簾幕
等待流水般的陽光

我的囈語和天色一樣朦朧
融入了滿眼綠色而倔強的鳴唱
敘述中完成一種使命
追憶黑夜裏走失的人們
如追憶飄落進山谷的種籽

只因為曾經的純粹

痛苦把懷念一次次煮沸
我真的無法漠視
那些從軀體上剝落的文字
怎樣圍堵昨天的那一抹藍色

這拂曉是短暫的
我和天空一起慢慢醒來
似乎聽到那第一縷光的深處
正有潺潺的聲音

船在海上

淚水的鹹澀會讓我想到海
想到被帆牽曳的小船
蒼穹下　在浪花一次次的嘆息裏
從海面滑入心底

遼闊是一種殘忍的美
快樂裏罩著恐懼的影子
那些難以捉摸的　風　潮　霧　礁
也總會心照不宣地和你不期而遇

風帆鼓滿之後
海鳥膚淺的嘲笑　最終跌落在
我搖擺飄忽的背影裏
那一刻　我把舵柄握成暖流
抵禦自北而來的寒意

這帆船和海　有時
像我最初的戀人　以及
那一段　銘心刻骨的愛情

更多時候我會選擇獨自出海
只為把心曬在帆上

海太遼闊
每一次航行的感受卻都不盡相同
這份深邃夠我用一生去體會
即便我終生揚帆
也只能是個漂泊的遊子

總有疲憊的時候
心擱淺在老舊的船塢裏
但當溫暖的南風吹來濕漉漉的色澤
我還會再次拉動起帆的繩索

巴爾扎克之死

—— 致雨果

或許是你的言語令大地動容
你腳下散落的歲月　叩打著
包鉛的橡木棺椁　像殘陽
砸進湍急的塞納河水
這沉悶的迴響
一直爬到你細碎的文字上

三個月前　他剛剛做了
那個富有的烏克蘭女人的新郎
可大衛卻用思想者的刻刀
把他心中的人間喜劇
刻在那高傲而又苦難的額上

一個月前　你們還在說著
各自的高老頭和冉·阿讓
他用自己公館裏收藏的名畫

覆蓋你心中的共和
以及準備亡命天涯的浪漫

很快　他便躺在桃花心木的床上
目光像雕塑　鬚髮如秋霜
嘶啞地喘息著
像當年拿破崙的模樣

葬禮上　有讚揚他傑出的高官
還有牽著柩衣流蘇的
稱他為天才的你和大仲馬……

深山嚮導

我把都市的文明一點點脫下
開始用孩子般的目光搜尋四野
裸身的你已不再令我厭惡
快樂浸在鳥獸自由的鳴唱裏

泉水蜿蜒　切割陡峭的岩壁
奔湧成湍湍激流
你的膚色融在山林中
和你的聲音一樣　點綴寂靜

你的目光如水　淳樸得
又似山人男女沒有設防的身體
那在慾望的魔影下塗抹的畫皮
在剎那間被你的單純撕碎

我彷彿一下子從病態中走出
牽著你笑聲裏清脆的節奏
山林是你從裏到外的整個世界
我在這深山曠野中
又一次新生

饋贈

有人說：歡樂、愛情、名望、

財富、死亡，是生命的五種饋贈。

—— 題記

起初　你總是站在遙遠處

看不清你的面孔

甚至　在你水一樣透明的身形裏

不帶有任何季節的蹤影

春夜裏　煙花散開

你的笑聲響徹點滿星星的廣場

可卻在短暫的沉湎後

只留下幾聲吁嘆

是那一襲白裙覆蓋了我的視野

可這世上哪有什麼啜飲不盡

你決然而去的背影撕扯我的肺腑

讓我整整疼痛了好幾個秋天

為了你的怒放
我也曾把日子反覆澆灌
可你的芬芳卻被一再標價
留在心底的只有那處灑淚的香丘

那破舊的木盆也會長出城堡
當靈魂被忌妒餵飽之後
剩下的日子　也會變成
囚養在池中的魚

此刻　我才終於看清遠處的你
你水一樣透明的身形裏
有水一樣的寧靜
映著我的前世和來生

記憶中的第一場雪

摘下窗上晶瑩的梨花
便是一個灰白與淡藍相間的冰洞
鼻子被壓得很扁
只有視線和雪花一起飄舞

昨晚的夢是酥脆的
定是引來了許多會使魔法的精靈
駕著雪橇戴著雪帽來去匆匆
留下一個異樣的世界

我們衝出屋子
把驚喜和快樂印在雪地上
直到陽光灑落一片淡淡玫瑰的顏色
矮矮的榆樹叢像列隊的黑狗

雪沒完沒了地下
撐傘人的腳下被踐踏成泥
窗外的風景變得和鋼一樣冰冷堅硬
我又在疲憊中等待雪的結束

蠶與神話

一隻蠶在固執地吐絲結繭
牠的眼睛裏找不到自己的影子
願望是簷下的露水
滴出一個悅耳的世界

神話在孤獨中發芽
穿破沒有腳印的斜徑與藩籬
在遠處沒有喧鬧的地方
長成大片的綠色

在清澈的河上放舟
慾望會流成浮萍
星光下　可以聽到神話裏
浪漫的水聲

渴望一生都是一個孩子
在自由的綠色裏
養殖著許許多多隻固執的蠶

半夢半醒之間

我突然在夢裏醒著
那些散落已久的青春歲月
堆砌成的風景　還有
走在不同季節裏的故人
都在從遠處寺廟傳來的晨鐘裏
凝固

將心門半掩
沉思與流連之後
笑聲與淚水一樣容易乾癟
時間彷彿昏昏睡去
我會在這一刻
不再變老

窗外的山還是黛色的
不同光譜的窗口
層層疊起
像夢中定格的片斷
又像破碎的月光

心的深處或許還有久閉的洞穴
那些不堪的往事　以及
失血的希望
都已被關押了許久
只是怦然的心跳又多了些許重音

有水一樣的聲音在喚我
曾經愛我的人
像走馬燈般輪番出現
我在欣喜的回憶裏坐直了身體
窗外的山漸漸呈現綠色
而眼前又變得熟悉

望夫石

山頂的風吹著濡濕的傳說
我靠在黃昏裏
把目光融進岩化的視線
海天處　是一片空濛的粼光

疑惑有如山徑
在不斷加重的喘息聲中
走成最終的轉折
之後　又化作遼遠的回聲

我想那場風雨
一定把她們送過了銀河
這山頂長出的石頭
只是那些不願回去的歲月

故事蹣跚了幾百年
守望從重洋彼岸縮進彼此的視野
路途不再是淒苦裏的沉痾
而更冗長的等待
卻彷彿飄在咫尺之間

遠方

身影　在春山秋水之間
漸漸縮為一粒小小的塵埃
印在歲月的底片上
無聲無息

通往遠方的路　像兒時
想像中生命的距離
出發時　背起全部的行囊
裏面有火焰和海水的聲音
以及我對這個塵世
所有的相信與不相信

風景吸引了腳步
腳步踩出了更美的風景
行色匆匆裏　一路丟棄
路越走越遠　行囊越來越輕
最終走成透明的自己
不再懷疑

在一個裊娜迎風的夢裏
一無所有的我
帶著孩子般澄淨的目光和笑容
正站在自己的遠方

選擇

在這世上，除了極少數的例外，
我們只能有兩種選擇，要麼孤獨，要麼庸俗。
——叔本華

夢裏　我走進自己的心臟
彷彿曠野上一個小小的教堂
我也是它忠實的守門人
每當彌撒結束之後
總有一份醉心的自由屬於寧靜

醒來　站在喧囂的邊緣
街道上凌亂的腳印
讓我的幻想無法成形
寒冷讓人們彼此靠得很近
在此起彼落的笑聲裏
卻透著無以名狀的疼痛

穿過不斷擴建的偌大城堡

站在人跡罕至的峰頂
觸摸天空的脈博
可以聽到五彩的聲音

螳螂軼事

當溫暖站上復甦的枝椏
你和你的信念一起融入綠色
倔強的目光猶如率真的太陽
砍落夏日鳴蟬　不屑於回望
那隱藏於暗處的伎倆

他日相逢　鬧市中車馬屏息[1]
一場懸殊的劍拔弩張
你不再是〈人間世〉裏的弱者
莊周的蝴蝶也會在夢中潸然

當車輪遠去之後
你或許已是塵埃中的殘葉
形形色色過往的眼神
宣示著弱小卻不同的聲音
此刻　你是黑夜裏微弱的燭光
傲視著萬千圍觀的眼睛

你的無畏終使你邂逅致命情人

為了一片火紅的楓葉

你用激情叩開了重生之門

而門後　快樂澆灌出的楓林

正覆蓋著你　為愛付出的生命

注：

1　據說在一九六四年，紐約第五大道，一隻麻雀與一隻螳
　　螂對峙，引發交通堵塞，結果經一番搏鬥後，麻雀鼓翅
　　而去，螳螂傲然不動。

一片葉子

秋天就要去了
像一個遠嫁女子漸漸模糊的背影
裹著片片落葉的回憶裏
鴉聲陣陣

相信春天還是能夠回來的
拾起一片凋零的葉子
輕觸額頭　那年少時狂悖的夢想
和星空下溫柔的槳聲呢
塵封已久的往事開始在心田裏爬行

我聽到了荒原下水的怒吼
那掘井的鎬　鐵釺
飢餓中渴望豐收的眼睛
一一在幻覺中出現

秋天就要去了
歲月像走錯房門而不覺的無奈
只有我手中的這片葉子

似乎可以轉換這個無奈的季節

掩去我想掩去的
留下我要留下的

我是誰

神往日月星辰和水流的源頭
從睜開懵懂的眼一直到日薄西山
一種莫名的直覺告訴我
來處與歸期

慾望像個鮮衣怒馬的少年
在花叢與荊棘間馳騁
可道路終有盡頭
守得住一顆無怨無悔的心
卻守不住裝在心裏的那個世界

希望能找到故事裏的神仙
傾訴每一次回眸一笑後的縱身一躍
彩虹般的記憶凝結成黑色的血痂
一切都化為瞬間

相信自己既是茫茫世界的一粒塵埃
也是永遠探求不盡的宇宙
在身體的某一個角落

一定住著一個精靈
我們從未謀面卻神交已久
或許在某一個無法預知的時刻
祂會出現在我的面前

雨中的小鳥

陽台上飛進一隻小鳥
牠注視我的眼神如牠身後的雨滴
那淅瀝的聲音　由遠及近
也彷彿來自牠小小的胸腔

我把手心裏的小米伸給牠
牠歡快地啄食著
還會跳到我的手上鳴叫
牠的眼睛似乎開始漸漸放晴

牠沒有理會我遞給牠的水
卻沒有拒絕我撫摸牠的羽毛
只是在我把牠輕輕握在手中的時候
牠微微閉上了雙眼

之後　牠不再跳上我的掌心
只是在欄杆上與我靜靜地對望著
我不知道牠是否看懂我的目光
就像我不知道自己是否看懂了這個天氣

我擔心雨水打濕牠的羽毛
但當我再次伸手去握牠的時候
牠卻振翅而去
消失在濛濛的雨裏

我心頭一緊
感覺這雨滴的聲音越來越響
由遠及近　潛入心底

與冬天相識

初遇你時　枝頭落盡枯槁
記憶也如灰濛濛的天色
在片片霜葉之上
步履蹣跚

你的身影托著不屑的月光
說春天不遠那只是煽情的謊言
我還會看到另一雙似曾熟悉的面孔
寫滿了曾經難捱的飢寒

再見你時　才看到雪地裏的嫩枝
那一節勝似一節的美麗
刺破了季節的幕布
宣告著即將到來的光輝

那面孔上記錄的往事開始變得溫和
堅韌的足跡上怒放著花朵
這些美麗的花環繞著漏雨的老屋
我與你在屋中促膝而坐

除此　我還會遇到我的未來
從預想的蒼白裏奏出綠色的音符
我知道只要還會做夢
生命便不會蒼老
一直活到能用坦然的笑容
面對那急促叩門的聲音

土地上飄過的詩

鬆軟的土地像女子
面容嫵媚　因翻耕的疼痛略顯慵懶
她托舉著正午的陽光　以及
男人那勞作中揮灑汗水的身體

那種色澤能釋出很遠又很久
可以覆蓋井水和燭影
以及如洞穴般幽深的瞳孔
一直到夏日晴朗的夜空

這一刻　必有一種聲音來自星星
和所有跳動的心交談
那若隱若現的目光　以及
時有時無的風彷彿都心領神會

這是一首晦澀的詩
讓人在費解中昏昏睡去
抽芽時油綠的期待
和麥浪起伏中金黃色的韻律

都會在夢醒後變得蒼白

柔情是無法抵禦的毒酒
身體在無力自拔中漸漸蒼老
岸邊的小船輕搖著自己
向既愛又恨的錨燈嘆息自己的無奈

土地上飄過的詩是透明的
無論是眼淚還是笑聲
在一股新鮮的微風又吹來的時候
都散作了無聲的騙局

淚光裏的倒影

獨自揚帆出海
我們只能為自己領航

那裏的陽光不會投下陰影
第一聲啼哭總是伴著父親的笑容
母親紡紗織布的機杼聲中
也總有黎明跫然的足音

從傷痛的夢中醒來
看淚光裏自己的倒影
那一刻　感覺已走出紛亂的塵世
擁抱了心底的藍色

我的影子衣著樸素
像我水一樣清澈的思想
習慣用快樂淹沒複雜的難題
通往未來的跋涉裏
我有足夠的堅韌和等待

獨自揚帆出海

我們只求超越自己

夢中的女子

溯溪而上　清淺的水花
彷彿歲月的淚珠
模糊的視線裏
不知自己身在何處

蔥翠中　水晶一般的笛韻
令我趑趄不前　恍然間
我感覺那聲音裏
蘊藉著我總是記不清的夢囈

你是一個普普通通的女子
只是你的眼神讓我想起
家門口幾代人啜飲的井水
你的微笑　也如
從家鄉屋頂飄來的炊煙
你給我的怡悅讓我激動不已

語言已經徹底凝滯
像溪邊緘默而圓潤的石子

我選擇默默離開
把虛幻的貞潔與完美
留在記憶的風景裏

留住無知

葉子在風裏輕舞
樹林的深處　一萬片葉子在輕舞
無法看清它們各自的容顏
卻在快樂地嘗試
叩開舞者緊閉的房門

渴望能過濾每一種鳥的旋律
以及百花怒放時的味道
似曾相識
卻喚不出準確的名字

記憶彷彿在跋山涉水時漸漸疲憊
曾經拴馬打尖的驛站
和驛站裏風花雪月的往事
都變得漸漸模糊　夜晚
另一個小小的我從夢中走來
無奈地衝我笑著

走得越遠　越不知路的盡頭在何處

少年時的夢　被歲月吹散
雲雨輪迴之後
滴在一片小小的葉上

我知道　這一路走來的風風雨雨
並非無所不知的源泉
所謂智慧
便是在越老的時候
越覺得自己一無所知

時間

我在你的土壤中生長
像一粒種子
習慣了傾聽春風掠過時
那疼痛的呼嘯

雲彩跌落下的溫柔與傷感
揉合著你賜予我的豐富
催促我不斷向上
我的驕傲是以最飽滿的狀態
謝幕在農莊上
那歡慶豐收的喜悅裏

那一刻　你的存在
彷彿源於生命的短暫
以及開始和結束
你就是一塊沉默的土地
你詮釋著死亡
也詮釋著永恆

我的樣子

夢醒了　眼前是沉重的漆黑
還有一個巨大的氣球擠壓我的回憶
那是螢火蟲在飛舞麼
那是野百合上的露水麼
在我觸摸不到的地方
閃著憐憫的光

我彷彿聽到了你轉身而去的聲音
像你當初鐵一般堅硬的夢囈
可這一切實在太短暫
之後　便是更深更重的漆黑覆蓋我

是這夜沒有了距離麼
還是我的眼睛不再能看到光明
不！我明明看到了
我身體裏那個通透的世界
以及我那顆脆弱但卻明亮的心

我還有什麼好悲傷的

我還有什麼好害怕的
在畫與夜之間　虛靜與寂寞的我
不正是你踏進我生命之前
我本來的樣子麼

是啊　那正是我渴望的樣子

三、陽光的秘密

陽光的秘密

——致特朗斯特羅默（Tomas Tranströmer）

那被濃墨重彩的陽光灑下來
灑向立滿籬笆的村落
灑給洞穴裏從未見過太陽的人們
酣睡中　幸福如幕布上的皮影
在夢裏走出很遠的距離

而黑夜卻壓迫著奔走的腳步
呼吸也越來越局促
沉默的樹林掠奪著氧氣
死神彷彿是那樣的似曾相識
以至平凡的日子
都變成脆弱的螢火

總會有石破天驚的時刻
不是所有的人都會被岩化
都會在守齋的飢餓中

遠離森林的頂端
當秋風吹落太多的夢想
飄零的殘葉也能點燃整個荒原

陽光還在被不停地描繪
夢裏的人也融入了殷紅的晚霞
而黑夜也正在燒烤著
清醒的人們　那條靈魂的銀河

二月

———致帕斯捷爾納克

我彷彿聽到了你墨水的哭聲
從一百多年前傳來
甚至我還可以透過香江沉默的燈影
看到你心裏曾經的二月
如何在黑色的泥濘中　顫抖

那像焦梨一樣的白嘴鴨
從你的詩歌裏墜落
那樹下的水窪卻如一條時光隧道
連著我如今被遮蓋的無奈

一併被遮去的　還有
春天裏和風一樣酣暢的呼喊
那可以讓黑夜退卻的聲音
湮沒在了你的墨水裏

你說　越是偶然越是真實
但當跨界的季節在咆哮中漸漸老去
你渴望了許久的另一個偶然
也在真實中默默孕育

寂靜

—— 致艾基（Gennadi Aygi）

你的這份寂靜
從楚瓦士村莊的皺褶中
穿越而來
透過你詩中染血的樹枝
一直在苦苦攀爬

雖然我們看不見它的樣貌
可沉默卻注視著我們
在有明暗標識的夢裏
你與逝者的交談
也變得灰暗

可我就是想說話
對著你曾憧憬的那片田野
那似閃向天空的光
沉默有時很可怕

它似人們嘴角不屈的冷笑
也似能刺破童話的麥芒

可我不相信你說的這份寂靜
會是雲彩的庇護所
我也不相信神祇的夢也會被隔離
在十字架前
我們至少應該學會哭泣
寂靜的藍色覆蓋著我們
還能看見的田野

大地上的異鄉者

——致特拉克爾

你終於掙脫了自己的身體
像掙脫囚籠
醉心的藍色越發神聖
映著你輕輕揮舞的手臂
像你詩中的埃利斯

你喜歡在傍晚書寫你的憂鬱
蒼老而沉默的岩石
白色的池塘　燃燒的叢林
吹拂女人芳心的木犀草香
都隨著你的詩句
在從另一個星球吹來的寒風裏
輕柔地飄向黑色洞穴

你說你是一個遠離陰暗村落的影子
時常飲著水井裏上帝的沉默

夜間　躺在星星的垃圾和塵埃之上
聽叢林裏透明的天使

你還說　當雲中凍結起一絲絲光線
你凝望渡鴉消失的方向
像一列送葬的隊伍
刻劃在慾望中顫抖的風裏
直到暮色氤氳之時
一直在思索飛行的密語

飢渴時　你掬飲池塘裏的水
憶起悲哀童年的點點甜蜜
母親把房間堆滿古董
那始終冰冷的臉
散發著罌粟的誘惑　從此
生命的燈便在你口中開始熄滅

你迷戀暴風雨般憂傷的妹妹
也總是斜視著這塊陌生的大地
你常於闃默中驟然咆嘯
在擠滿殘缺的穀倉裏
看到死去的伙伴仍在高聲祈禱

便擁抱了溫順的野獸

異鄉者　在大地上流浪了二十七載
終於在朦朧的精靈牽引下
尋著藍光輕柔而去
在安寧與沉默中
閃耀了隕星最後的金色

橄欖樹林的深歌

——致洛爾迦

你說你天生就是一個詩人
就像天生的瘸子瞎子或美男一樣
誰都無法改變
橄欖樹林的綠色浸染了你的靈魂
你夢著苦澀的大海
以及海上的船　山中的馬

音樂繪畫戲劇甚至鬥牛士的優雅
包裹了你愛情裏的性別
吉卜賽人哭泣的深歌
伴著嗚咽的吉他
唱著你詩中渴望山茶花的熱沙

在你開花的橙子樹下
多變的玫瑰鮮艷如血液珊瑚
如潔白海鹽的面孔

可無數個水晶的手鼓
打破了脆弱的黎明　隨之而來的
便是黑色的馬黑色的鐵蹄
和黑色的敲門聲

於是　你的深歌在街頭被燃燒
還有天真與青春的想像
面對長槍黨的子彈
你在恐懼中的哭泣與禱告
如你寫給梅亞斯的輓歌
那吹過橄欖樹林的悲風
將你的靈魂也吹進了綠色

通過綠色莖管催動花朵的力

——致狄蘭·托馬斯

那是一種什麼樣的力
可以催動花朵　穿透岩石
可以使樹根枯死　水流乾涸
甚至可以凝結流在血管裏的血

像許多愛爾蘭人一樣
你醉心酒的熱情　溫暖中
把文字看作爐火前淳樸的孩子
讓他們走出黑暗和寒冷
並且長出翅膀
去邂逅漫天不滅的星斗

瑣碎的無奈裏　你嘲諷自己
一不留神便走過了半生
但堅信死亡不得統治萬物
暢想自己在去天堂的第三十個年頭

仍能站在夏日正午
傾聽自己心中真理的旋律

同樣是那隻手
可以攪動池塘裏的水
攪動流沙　拉著曠闊的風奔跑
也可以拖曳著你的屍布帆船

你總是懷念故鄉天鵝海的濕氣
詩歌的面龐第一次像個舊茶碟一樣
從鐵皮煙囪的煙霧中探出頭來
在你六七歲的稚氣裏驀然裂開

喜歡把白天與黑夜都掛在嘴邊
讓內心陽光的觸角穿透季節的遮蔽
你聽慣了大海騙人的濤聲
睡眠也會在浪潮上航行

時間的嘴唇像水蛭吮吸泉源
又在繁星中鑿出一個天堂
而疼痛或許是永遠的存在
撕裂時有　縫合時也有

只有在鼓足勇氣的時候
才能除掉靈魂的面紗和身上的血痂

這是一種讓你喑啞的力
無法告知周圍的一切
你只能用文字疊成綠色莖管
連接生命的兩端

是石頭開花的時候了

—— 致保爾・策蘭（Paul Celan）

你的祖先非常古老
他們曾經的國卻散落在風中
生你的地方裝著許多門鎖
變換的旗幟也如飄在空中的石頭
你擁著日耳曼的歌謠長大
甚至把它當作一把可變的鑰匙

直到目睹了那些來自明天的煙
死亡的探戈曲才驚醒了你
挖呀　挖呀　那曾經的容身之地
卻要自己挖掘自己的墓穴
集中營喝不盡的黑牛奶
泡著記憶裏數不盡的苦杏仁

你終於穿過了邊境
用你的母語搭建了你的詩歌和愛情

可你把記憶和罌粟揉在一起
像酒在透明的貝殼中
海在血色的月光下

你覺得是時候了
是要說出真相的時候了
是石頭要開花的時候了
於是巴黎的天空
那秋天裏大片的水仙花
讓你輸掉了眼睛裏僅有的虹彩
塞納河成了你最後的記憶
你從米拉波橋沉入了心的苦井

輕與重

——致曼德爾施塔姆

你說她們是孿生的姊妹
長著同一副面孔
像被群蜂吮吸的沉甸甸的玫瑰
垂在輕柔的香氣裏

叮叮車依舊穿行在街頭
只是那聲音有些沙啞
如站牌下　一群失語的人影
頭頂是沉甸甸的蜂巢
腳下是尚未散盡的濃煙

從二月到十月
你開始在離奇的故事裏漂泊
這讓你想到膨脹的麥粒
和漸漸冷卻的沙場
昨日火熱沉重的太陽

躺在今天黑色輕薄的擔架上

時間依舊在被翻耕
連同那似輕似重的玫瑰
許多隻烏鴉在唱著送行的輓歌
在你無法預知的歲月裏
死亡與沉默也是孿生的姊妹

庚子春的豹子

——讀里爾克〈豹〉

柵欄　自遠處開始收縮
死寂的道路　花園的圍牆
和你居所的門窗
無所不在又視而不見
在你疲憊的目光中
世界已悄然而逝

你強健的腳步變得很無奈
你行走的範圍如皇冠的投影
你幾乎看不到太陽
只能偶爾聽到星光滴落的聲音
曾經的速度幾近窒息

昏睡中　也有輕啓眼簾的時候
那廣袤的綠色　在刹那間
流入你隆起的血管
你開始凝視那千萬條柵欄

還是那隻蟋蟀

—— 致詩人流沙河

你走了　可那隻蟋蟀還在鳴唱
那剛性的聲音從杜甫草堂
一直響到台北老余家的廚房[1]
又穿過淺淺的海峽
爬到了香江岸邊的獅子山上

或許是從那夢與月色交界的窗口[2]
你嘗出了那份寂靜裏的鄉愁
也開啟了你的千年暢想
你彷彿又聽到了《唐》風陣陣
《幽》詩漫與　以及宋人
寫入琴絲的悲苦[3]

或許你也將這斷斷續續的鳴唱
疑為那細細瘦瘦的笛韻
牽起你兒時草垛旁的笑聲

和你中年牛棚裏的吶喊

也還是那隻蟋蟀　唱遍天涯
在黑夜裏　叫醒了沉睡的星星
這《星星》曾是那樣的璀璨
裝進了整整一代人的眼睛[4]

只要有黃色面孔的地方
便可聽到那隻蟋蟀的鳴唱
應著那黃色的鄉愁與溫暖
也應著獅子山上　那執著的燈光

注：

1、2　余光中〈蟋蟀吟〉

3　詩經《唐風·蟋蟀》和《豳風·七月》 宋代詩人姜夔〈齊
　天樂〉有「〈豳〉詩漫與，笑籬落呼燈，世間兒女。寫入
　琴絲，一聲聲更苦。」句。

4　流沙河主編的詩歌刊物《星星》。他曾創作〈就是那隻蟋
　蟀〉，以回應余光中。

祭顧城

風哀怨　雨淒楚
灰色的天空裏　你的居所
已在歲月的流言中荒蕪
路在周圍消失　變成了雜草濕苔
變成了紛紜的故事

鎖了門　封了窗
用你的詩句敲打你殘破的牆
只有遠處的海景　可追憶
那曾經的童稚、逍遙和徬徨

你是媽媽寵大的孩子
你是妻子牽引的少年
你是情人朝聖路上的偶像
你是罩滿光環的童話詩人
你單純　單純得像張白紙
你蔑視城市、汽車和人群
你把語言看作最低級的交流方式
在你的世界裏　月亮是船

星光也是無聲的歌

風哀怨　雨淒楚
激流島上　灰色的天空裏
你的黑髮在飄舞
你的笑容散落成碎片
伴著你凌亂的思緒　輕訴
你的身後不再是長長的朝聖隊伍
物慾橫流　浸漫你的舞台
你漂向孤獨的巷角
沒了牽引　沒了矚目

你匆忙而毅然地走了
告訴人們　有一種擺放文字的方式
你走了　在純淨的世界裏走了
像完成使命的武士
你不願在回去的路上孤獨
你要帶走你的依戀與摯愛
那是你的世界
你不願在塵世裏讓她失落
你帶著她走了
留下殘破的居所

留下紛紜的故事
還有你的黑髮在激流島上飄舞

憶顧城

遠眺　在方尖碑下
朦朧的霧氣中　城市
像童話　在淅瀝的秋雨後展開

你從童話裏走來
帶著你特有的童稚與夢幻
以及你在春天裏輕揮的手帕
你說那什麼也不是
只是水中的落花　花上的露水

你依舊不苟言笑
依舊是那雙尋找光明的黑色眼睛
依舊在孤僻中沉思
那遠與近的奧妙

今天的雨也是灰色的
但不知在這個城市裏
還是否會找到
那嫩綠與鮮紅的兩個孩子

以及那少年彎腰拾起的那枚硬幣

此刻　我只想那用柳枝編成的船蓬
和那盛滿幻影和夢的狹長的貝殼
載我從這城市啟航吧
到激流島上　去喚醒你
這曠世的童話詩人

我恨這片土地　因為她太美
讓你迷失了童話與塵世
我恨這個小島　因為她太靜
讓你忘卻了歡喜與疼痛
你吶喊　為什麼
童話裏還要錢和糧食
你迷惘　為什麼
性情之外還有妻子兒子

我恨這個世界　因為她太俗
讓你的唯美與靈性無法容身

遠眺　在雨後的山頂上
天邊　時隱時現的彩虹

可是那通向童話世界的小橋

你　在激流島上微笑

四、一種感覺

一種感覺

那支曾點燃的菸彷彿還夾在指間
菸灰落滿了發黃的詩箋
北方吹來的陰冷空氣
讓房間裏的煙霧凝成片片霉斑

拴在心上的繮繩被剪斷了
曾經規整的快樂從眼前消弭
跑出很遠的距離
目光卻被一幅幅畫面無端凌虐

已被收割過的田地裏
露巾雨袂的你仰著憔悴的臉
你的眼睛讓我想起那扇臨街的窗
和窗前你豢養的那隻小貓

很久沒有聽到牠暖心的叫聲了
樓下卻常有流浪狗在聚集
記憶在犬吠聲中轉了彎
遁進深深的夜裏

冬月裏

想像中　你要乘船而去
在冬月裏　岸邊的樹
像你船上的帆繩在風中嗚咽
望著奔湧而來的天際線
眼前的樹林沒有了盡頭

闃靜的院子　勁風中
總有一種神秘的莊嚴
窗外幾盞昏黃如豆的燈火
卻讓我想到遠古洪荒的時代

你走後　我會把沉默寫成習慣
雖然會有轔轔的聲音不絕於耳
可我會記住你的味道
記住你月色下糾結的足音
哪怕會有一絲絲欣喜爬上心頭
也會被你不再閱讀的星光覆蓋

把所有的掛念都整理打包

這沒有目的地的旅行已無法回避
我勸你不如把半個自己留下
讓我和她一起計算　春天裏
另半個你的歸期

偶　遇

你的樣子讓我驚艷
嘆息裏全是對歲月的不解
也許是那時的枝葉太容易被忽視
才長出了今天的故事

窗外淅瀝的雨是灰色的
沉默時　我們可以聽到彼此的呼吸
你留我住在你的客房
卻有一扇彩色的門通在心裏

你說曾有一個幼小的生命
一直孕在腹中
可在一次大雨傾盆的夢裏
不見了蹤影

這讓我想起你坐在我前排的日子
那兩片紅雲總會隨鈴音升起
你的長髮時常會輕掃我的筆尖
可你卻從不知道歉

你翻出我們畢業時的合影
告訴我你曾為被花遮去的叢林落淚
你選擇將內心的河流封鎖
只為等待秋天的景色

今晚　我不忍離去　你不願告別
你說你在雲深之處的山間
種了許許多多棵桃樹　待到成熟時
希望能收到我將蒞臨的消息

不經意間　我們都已滿含熱淚
雖然青春時點燃的燈　仍掛在心裏
可我們卻只能透過層層霧靄
遙望天空

有一種美會因妖艷而早衰
有一種美卻會因青澀而持久
只是年輕的眸子
無力穿透歲月的迷霧

月亮和你

你在遠方還好嗎
想你的時候　便去窗前望月
月光如水　如你離去的背影
漫過山川與四季
漫過我們初戀的日子

祈禱　在黑夜裏汲取虔誠
一條沒有邊際的路
於無聲處　穿越古樸與肅穆
我視自己為一個微不足道的行者
在孤山僻水間　等待
月光讀我

我們曾被月色隔得很遠
願望裏　只想做一個神話裏的孩子
在桂樹蟾宮間自由地奔跑
可擁抱太過熱烈
美麗的傳說也被抱成環形的山脈

此刻　你在遠方還好嗎
朦朧的深處　一片明媚淅瀝有聲
我不再是哈勃的信徒
我要把月色迎進我的書房
讓信箋上灑滿銀光

你　夢　春天

你走了
在那一年大雪紛飛的夜裏
而那時　我正夢著春天
以及春天裏
綠色的草地和森林

只是我沒能看到你離去的背影
孤獨的風景裏
只有窗上綻滿的梨花
和街道兩旁晶瑩的樹掛

我以為你還會回來
就像我以為我還會做夢
還會夢到北歸的大雁
我也以為　再冷的冬天
也不會長達幾十年

這一次　終於有了你的消息
只是你走得更遠

走出了所有的季節
你留給我最後的一句話
是告訴我
你一直夢著有我的春天

你把偷走的夢還給了我
而我的夢裏　卻只剩
銀河浩蕩　秋雨綿綿

夢回你的故鄉

是你屋前的那條小河嗎
如此如此熟悉
甚至還散著你身上的味道
濃密的樹蔭遮去了流淌的聲音
我們曾習慣沉默著交流
看那些到水面上來吐泡的魚兒

是你屋後那條高出房頂的小路嗎
那個背簍的女孩總是起得很早
清脆的俚曲拽著旭日
跌進你的窗口
我習慣在院子裏等待
你拉開窗簾望向她的瞬間

我記得每一次踏進這幢老屋的情景
那跋山涉水後的疲憊
早已被心底的那抹藍色塗盡
到處是陽光啊　也盛滿了我的身體

如今　一切都是如此如此的熟悉
只是你僅微微地向我笑著
像面對一個來自遠方陌生的客人
我突然覺得　心底佈滿烏雲
雨　便潸然而下

網　戀

不經意間　點中你閃爍的頭像
如開啓了宮崎駿般奇幻的旅程
我不得不屏住了呼吸
那一刻　彷彿暴風雨就要來臨

你的回應卻如春夜小雨後
剛剛甦醒的清晨
芬芳的氣息裏未見往昔的腳印
可你音樂般的文字
卻讓我羞怯得不敢輕易流露真心

我只能在溫婉雋永的霧裏
拼湊我想像中的你
以及你屋前怒放的蹊徑
和屋後微明的燭影
你說　會在一個適當的時候
讓你平凡而飽滿的滄桑
沒入我盎然的綠色

許多年後　我從城堡進進出出
每當寂寞遮去月亮　黑暗中
卻總有你自遙遠處寄來的星光
直到一個陌生的聲音
兌現了你生前最後的願望
我看到了二十年前已白髮蒼蒼的你

又是一個不經意間
鍵盤已響成淅瀝的雨聲
你是雨中永不凋謝的蓮花
我想　即使在那初識的許多年前
你也會開在我的綠色裏

之後的回憶

之後　我便深深地彎下腰
拾起了你丟棄在地上的往事
那裏有我們水晶般的淚珠
和匯成泉水的歌

我默念那印度詩人的句子
愛情的一半是相會
另一半是分離
你丟棄的　便是我額外的收穫

我想　我並不希望你再回來
雖然誓言時常叩打我的心門
我卻只能將它從塵世間抽離而去
讓你在我的夢裏破碎成月光
在夜風的推送下
散落在我一個人的窗前

沒有什麼比影子更純粹
懷念把記憶過濾
再塗上自己喜歡的顏色
將我們曾經的愛情進行到底

那些影子

你在我身後時　我正年輕
如今　眼前的你
依舊是我蒼老的記憶中
年輕的樣子

有 N 多種想法
推演我們當初的可能
所有今天看似合理又簡單的方案
都被曾經澎湃的熱血衝散

那正午時分　陽光過於猛烈
你逃得很遠
足足逃了幾十年的路程
而我在這幾十年的冥想中
卻只能尋回點滴春雨的感覺

你終於又輕輕地落了下來
簡單得像個句號
四季輪迴的迷宮之上
只剩透明的笑

亮燈的窗口

房間裏　我們守著彼此的孤獨
窗外　城市遼闊的影子
彷彿一本百讀不厭的小說
只有在我背對你的時候
才會進入它的情節

檯燈下　我們已習慣於沉默
你和我之間留有可變的距離
像月亮時鐘上的兩根指針
匆匆相遇　又匆匆別過
漸漸地　我們卻忘了月光已老

你用玫瑰把我推進夜色
房間裏留下你仍未分行的詩歌
在我形單影隻的荒原上
變得深邃而晦澀

你走到了窗外很遠的山裏
仍記得身後那依舊亮燈的窗口

歲月把它疊成厚厚的回憶
在我的筆下有寫不完的章回

你和故事

不知不覺又融入那座山丘
四周的色塊已徹底掩去往昔的影子
只有那棵老樹　枝鬚依舊
還時不時會哼出　熟悉的歌

你從我的視線走進我的心臟
像一場電影刻入了光碟
而你從我的心臟爬上我的兩鬢
卻如這棵老樹下散落的殘葉

真的不想再翻出過去的你
你離開的方式　像一塊橡皮
擦去了你曾經寫給我的所有誓言
我能珍藏的
只剩下那張已經發黃的稿紙

山丘攬著我
像我攬著那老樹的枝鬚
故事依舊站在樹旁
而你　已被覆蓋在遠處的色塊裏

來去匆匆

我以為你會深深地想我
就像我想你那樣
可當溪水沖去了浮沙
我才看到了卵石的光滑
你如一輪秋月在花叢間信步
而我的心卻霎那間在月色中失血

薰衣草已在風雪中枯萎
幾片葉子如我珍藏的歲月
始終躺在那本寫有你名字的書裏
紙張已然發黃　葉子依舊翠綠
你告訴過我許多種花草的寄語
而只有它被我銘記在心

你喜歡北方大雪紛飛的景色
和暴風雨中令人悸動的感覺
你嘲笑我爐子上用小火保溫的茶水
和三月裏隨身攜帶的舊傘

你來時像一個美麗的傳說
驚醒了許多垂暮的老者
以及他們心中塵封已久的故事
你走時卻像是一齣悲情的戲
嘆息聲聲落入沉默的古井

我仍願守著這座自己築就的城堡
不停地用思念去增加它的高度
直到有一天　月色如流水
沖去了所有美麗的謊言

匆匆，太匆匆

那一年的夏天
你牽著一片雲來找我
希望我為你手中的傘畫上晴空
我只顧驕傲地信筆塗鴉
卻沒有看清你比雲彩更絢爛的笑臉
你微微曳動的背影融入雨中
卻始終沒有獨自把傘撐開

是你急促的腳步
淹沒了我陷落在深秋的嘆息
你說你一定是我最好的私人醫生
能治癒我的迷惘　驅散我的陰影
路燈下　我清晰聽到你叩門的聲音
可羞怯和不知所措　卻讓我
下意識地關上了那扇虛掩的門

後來　我依舊在那條蹊徑上等待
而你卻循著鴉雀喧鬧的大道去了
只是我看到你的身後

留下了一串串濕漉漉的腳印

是各自的夢把我們隔得越來越遠
可在青春轉彎的時候
你只用寥寥幾個字
便把往事種進了我的夢裏
「暴風雨中相遇
啊匆匆　太匆匆」

痛

你說　你只是一抹多餘的色彩
擠在朝聖者的路上
是我在夜裏點燃的那顆星星
讓你走出了很遠
甚至忘記了歸期與歸程

你說　我是童話裏迷失的孩子
嘆息是我在蘆葦蕩裏尋路的小船
你要在岸邊搭一間茅屋
輕喚我回來

後來　我發現了下游河邊浣紗的你
還是那副散著青草味的神情
還是那件我熟悉的藍底淡花的衣衫
只是我的故事時常順流而下
打濕了你散在風中的聲音

又過了很久　我終於看到
你眼角那再也無法拭去的淚痕

你微啓咬紅了的嘴唇安慰我
「習慣了　便是朵好看的花」

致情人節

或許　是上帝的失誤
把同一個靈魂裝進了兩個身體
我們的面容便如音樂
覆蓋了我們彼此的視線

初見你時　我們是那樣的熟悉
似曾相遇過的時空
或已飄向記憶的荒野
躲到幽暗的角落冷卻自己
好讓跳動的心不再應著你的呼吸

可我的面前已沒有了風景
背轉你如背轉整個世界
我們只能讓目光牽手
一起踏上通往城堡的路

隨風而去

風　吹走了你來時的小舟
連同你濕潤清脆的背影
日子變得那樣乾渴
我把回憶端到唇邊啜飲
之後　你的影子拓印在心頭
再也沒有變老

這季風吹了太久
吹起我眼角疲憊的漣漪
和兩鬢飛霜似的蘆葦
只是你的影子　卻在這風中
越吹越清晰

風　又吹來了你隱約的琴聲
我站在岸邊的燈塔處
為你舉起留在心底的印跡
可你卻怎麼也看不清
靠不近⋯⋯

五、消失的老街

消失的老街

你的確很老　躺在謙和的風裏
那若隱若現的往事
在已發黃的書籤上　泛著漣漪

你常牽著我童年的風箏
和明媚的春光一起奔跑
又在鋪滿落葉的憂傷裏
承載著秋水與我的私語

日子　讓你的銘牌堆滿皺紋
可你卻總能肩起那旭日的笑臉
裁縫店裏密如針腳的節拍
和著鐵匠鋪中那火紅的號子　以及
柳條上黃綠交映的小曲
過往溫順的騾馬拉著滿滿的夏秋
從我的視線走進繽紛的夢裏

凹凸的你　印著父親晚歸的車轍
風雪中　總有母親依牆瞭望的溫暖

再飢苦的等待　也有遙遠處
星光燦爛的慰藉
可在一個月光滴血的晚上
愛犬消失在你懷中的那片殘陽裏

或許你太過唐宋　斯文的腳步
無法跟緊潮湧般的人群
或許是這風霜太勁　足以席捲
你抑揚頓挫般疲憊的明清
你被吞沒在地表劇烈的搖晃中

從此　你悄悄潛進我的夢裏
撫摸你的身體如撫摸往事
有時　你和白天一樣短
有時　你和黑夜一樣長

童年印象

> 給他們夢想的時間
> 讓他們至少能夢見幸福和甜蜜
> ——弗雷德里克·斯米塔爾

記得母親的那輛木制的小搖車
坐著我　以及和我年仿的她的外孫
在養有家禽堆有柳條的街巷裏
吱嘎著她的辛勞和我們的快樂

那是條被日子沖刷得破舊的街巷
早晨會聽到垃圾車到時的搖鈴
能看到駕車的騾馬那溫順的神情
還有那位戴白帽姓金的老人
用舀子從鐵桶裏盛出牛奶的場景

上學了　拎著馬扎　帶上取暖的柴禾
坐在矮矮的長條課桌旁
聽老師鄉音裏顫巍巍的未來

地面凸凹　光線昏暗　卻不知
那教室的爐火正燃著父母的渴望

我們常在街巷裏遊戲
推著鐵圈在狹窄的空地上奔跑
在路燈下捕捉著秋唧兒和螞蚱
下雨的時候　在積水裏嬉戲
童年的無憂漾在心底的小河裏

月圓之日　父親在院子裏壘起灶火
奢侈地用了些油、糖打起月餅
我們挑著燈籠在黑夜裏尋找嫦娥
或是坐在房頂爭論著吳剛的模樣

很多年後　在回憶裏穿行
兒時夢想的森林變成整齊的苗圃
摘盡樹枝上豐碩的果實
只剩左手的辛酸　右手的遺憾

當我老了

———致葉芝

當我老了　往事爬上額頭
舉起灑滿陽光的銀色叢林
以不同於往昔的方式
追憶那些曾經激動的畫面

許多熟悉的面孔或已不在塵世
兒時泥濘的街道　漏雨的老屋
卻都甜美地躺在發黃的老照片裏
和我侃侃而談　我知道
他們都是我月光下的影子
我只是終於學會了傾聽

當我老了　我要去和死神打個招呼
並漸漸地和祂成為朋友
這一定是我人生最後一個使命
儘管星光無法點亮夜空

但它一樣可以美好如曾經
餘暉脈脈的黃昏
日出噴薄的早晨

當我老了　我會常去公園裏坐坐
那條長椅儲存著我們年輕時的信息
或許她會在某個不經意的時刻
微笑著向我走來
談論我們曾經美好的愛情

視頻聊天

很久了　和你相隔的日子越拉越長
如我們曾經一起走過的路
矗在水裏　像燈塔
在夜晚散著絲絲光芒

我想念那光影下亂髮蓬面的青春
喜歡燃一支家鄉產的「鋼花」
把故作的成熟夾在手指
那破碎的梔子花從唇邊一圈圈散開
漫過我們青澀的話題
那時候　除了傾訴
我們彼此像夏夜裏撫面的風
乾淨得一無是處

後來　濃墨重彩流成寬闊的銀河
風聲裏也有了金屬的色澤
我們在黃木叢中選擇了不同的路
回望不能再來的過去
往事卻依舊清晰

你從幾千里外伸過手來
調侃獅子山下揮之不去的疫情
我日漸稀疏的頭髮　和你
眼眶邊那顆略顯發福的痦子
彷彿在訴說著那些
看似不同卻又相同的歲月

真的很久了
那燈塔的光芒常常溫暖著我
在清澈的水裏溯流而上

水木年華

在操場上奔跑
我只在意腳下的距離
躺在床上也絕不想昨天的事情

漫步叢林與山澗
我會從遠處喧嘩的城市
撕下所有過去的疲憊
把眼前的一草一木一山一水
植入獨處的愉悅

我有一種與靈對話的渴望
祂像慈愛的母親
又似眼前這片美麗　而又
自然的場景

或許昨日我還站在水中
聽大海在哭泣
或許明天我又要遠行
去尋找開啓黎明的那扇門

但今天的我　依舊會勇敢地履行
對日月的承諾
以及和孩子們純真的約定

我知道那一切驚天偉地的故事
都是點綴炊煙的火星
而我　只是這山中的溪水
林中的草木

阿俠　你不是迷路的旅人

阿俠　你真真正正是人如其名
僅帶了你的畫筆和相機
和很久前便揣進懷裏的大海與火山
一腳便踏進你久尋的夢

你的夢境澄藍
炊煙漁火映著星星般的號子
有浣紗的女子赤足走過
笑靨裏不帶一絲塵埃

自從你把踐行的酒一飲而盡
那張並不英俊的臉也變得詩情畫意
儘管你蹚過的每一條河
都似猶寒的易水
嵯峨的山卻依舊在你心中
像個佩劍的高貴武士

阿俠　你用微笑歸納了四季
也把破碎的哭泣捏成驅邪的儺具

你一邊走一邊隨手撒下種子
卸下所有的思慮
只留內心的陽光和雨水

後來　聽說你去了石川啄木的曠野
可你不是迷路的旅人
你學會了捕魚　打獵　啃食草根
把那隻瘦弱的大黃當成了知己
當喧囂遁得無影無蹤　你相信
只要有風能吹過依舊發熱的掌心
夜空裏還有一盞微亮的燈
遠處　就一定有不加修飾的風景

阿俠　我尋你很久了
但我知道　你不會是迷路的旅人

那是扇窗

第一次走進教室的感覺
如放在老屋門前的那盞乙炔燈
光　在風中抽動

三月的寒氣推搡著稚嫩
窗像破損的魚網
一群黑亮而有序的精靈
在鄉音裏游弋

五花八門的小板凳
碰撞著從魚網擠進的光影
鞋底蹭出的泥土腥氣
跳在朗朗的書聲裏
眼前的那塊黑色池塘
也游進了幾條白色瘦瘦的魚

手鈴搖了又搖
夢一幕接著一幕
當我和春光一起站在院裏

才突然覺得　自己愛上了那扇
魚網一樣的窗

心中的房子

我一遍一遍地回想
從我有記憶的時候開始
曾住過的房子

童年漏雨的老屋
一盞只有十五瓦的白熾燈下
父親握著我的小手練習書法和珠算
母親踩縫紉機的聲音裏
有童話　有月光

教書匠時的小院子曾開滿梔子花
還有詩歌　和吉他
有失戀後撕心裂肺的疼痛
也有療傷時我與雪花和落葉的對話

初為人父後的小公寓
深夜　警棍擊打房門的聲音
彷彿把人拉進了戰爭時代的電影
特區暫住證

一段永遠無法抹去的記憶

以及後來那兩套寬敞舒適的房子
只是從那裏　我又一次踏入
無法辨清方向的黃木叢
星星　我童年便揣進懷裏的北斗星呢

如今　獅子山下我學會了蝸居
暗啞的夜色裏
新的一齣皮影又會逗笑誰家的孩子
而我　卻只有把這笑聲吞進胃裏

一遍遍回想我曾住過的房子
如果我將來死了
我該埋在哪裏呢

一夜霞光

夢回故鄉已不知有多少次了
我童年珍藏的種子
那株純色而又樸素的薰衣草
還有我自己釀的高粱米酒
都像是映紅夜空的霞光

兒時的雪人也一直跟隨著我
在我酣睡時與我嬉戲
可我總掛念那隻斷線的風箏呀
從漏雨的房頂不知飄向何處
鄰居家那幾隻討厭的鴿子
總是偷吃我曬在房頂的芋頭乾
現在我們可以拼酒理論了

橋洞下總有星星駛過
烏篷船上還留著發燙的吻痕
踮腳跑過的雨巷
和著哧哧的笑聲竄進歲月的深處
還有那個你　你　你們還好嗎

懷念那隻拉近你我的蚊子
也是白樺樹林裏那片煽情的月光
教會我讀懂了故事中的背影

你床頭的燭火
還會烤乾我沙漠中的湖水嗎
穿越梧桐樹下黃綠相間的日子
我的條形襯衫疊放在
你的白色連衣裙上
雨水浸濕了我們失語的夜晚

我要打印啓程的船票了
卻收到了你發自碼頭上的期待
那好熟悉的色彩呀
像童年時縈耳的歌曲
像童年時響徹雲霄的號子
也像童年如血的殘陽……
我知道我好想你們
可我也知道　我或許又要改期了

故鄉的柵欄

故鄉門前的柵欄
是母親溫暖含笑的身影

渴望會爬上孤獨的日頭
柵欄外　蛐蛐的叫聲
驚擾了樹叢中的花蕾
那擋在面前不可逾越的影子
終於被一個早晨輕鬆跨過

欣喜攜著驚恐一路狂奔
河水越流越寬
樹木的身後站著大片的森林
當目光翻過山頂
我便在倏然間告別了童年

那記憶裏矮小的柵欄
依舊攔著我童年一起玩耍的兄弟
他還在夢著自己的歲月靜好
只是那從不計較的柵欄
始終緘默不語

記憶開始發霉

很多年了　你的兩鬢或已成煙
心底那條清澈的小河
也已越流越細
流成你漸漸模糊的影子

喜歡你紅色外套下豐滿的身體
和你坐在河邊　用圓潤的石子
擊打竹子的樣子
那空靈的聲音綻在你的笑裏
也牽著另一個漂在河面上的我

你說那外套是外婆留給你的嫁妝
只是有些太緊
讓你的呼吸也變了顏色
可你就是喜歡那外灘裁縫的手藝
和那針線裏殘存的一絲
瘦瘦的嘆息

很多年了　竹林倒在你回家的路上

河岸在喧鬧中抖動著
很多個你　已燃燒成熱烈的火
紅舞衫下的身體越發豐滿
可卻再也聽不到那空靈的竹韻

只有你臉上莫名的驕傲
讓我想起故鄉深夜裏
井水中的寂寞
淚水逼著我轉過身去
那些散落的記憶開始在心底發霉

兒時的老院子

每一次去看望那位失聲的美人魚
都被那些古老而多彩的房子
煽動起新的想像
書本的封面　那些凝固已久的人
形容宛肖地遊蕩在街道上
那種不在了的存在
令你蘧然而覺

我常常給我的孩子
講小時候我住過的那個院子
滿頭白髮的房東奶奶
慈祥地坐在窗前
拂煦著院子裏每一個快樂的角落
那幾隻跅弛奔放的鴿子
也會在她溫暖的目光裏收起翅膀

可她的笑容還是在風暴中凋萎了
眼角最後淌落的淚
是她講給我的尚未到來的黎明

她的背影消失在我滿眼的霧淞裏
而她月光般的慈愛
卻常常灑在我孤寂的幻覺裏

後來　院子變成了細細擁擠的嘆息
天空放晴的時候
人們從記憶裏掙扎而去
漸漸傾圮的
除了她留下的歲月
還有這座老院子含淚的句號

座標上的鄉愁

鴉雀有聲　讓香江的黎明更靜
在這多夢少眠的無奈裏
苦也思親　樂也思親
獨自推窗遠眺　濃雲與薄霧
罩著蒼綠的獅子山頭
厚重的氣息打濕了滿眼鄉愁
鄉愁　擠進我兒時的記憶
也擠進記憶裏那盛滿歡笑的院落
和門前本就狹窄的小巷

我走過去的每一個步子
都像是在長滿藤蔓的山林裏穿行
可我終將無法找尋記憶裏的從前
那在歲月和情感裏浸泡過的
貼有剪紙的窗戶、青綠的柳條
以及爬滿牽牛花的院牆
已被拆成沒有文字的故事
裝訂在　不久的將來
又要被拆掉的荒誕裏

鄉愁裏　只有父親教我書寫時
那如冬日暖陽般的眼神
以及母親喚我回家吃飯的
和老唱片裏一樣動聽的聲音
依舊留在那不變的座標上

鴉雀聲　或是昨夜喧囂的延續
驅使我的鄉愁漸滿空闊
喚醒多年前為尋心安的遷徙
或許也催促我帶著又一個座標
重新出發

童年的老照片

偶然間　走進了那些老照片
迷離的眼睛　漾在發黃的笑臉上
像湖面無聲的粼光
又像從銀河傳來的星語

兩扇在風雨中默默堅守的院門
已在曾經的榮辱裏變得麻木
破碎了的朱紅大漆
總讓人想到孩子們去打仗的電影
貼著剪紙的窗櫺縮在簷下
閃著昏暗但溫暖的燈

黃泥麥秸的土牆上
是牽牛花遊龍似的隊伍
爐灶旁我常常拉響父親回家的腳步
路的這頭　我瞳孔中的火苗
正冷冷地燃燒著

當銀絲把春天掛在窗玻璃上

我會羨慕那些四處覓食的麻雀
有美麗動聽的歌聲
還有隨意去雨中感受涼爽的自在

漫遊的陽光會集結起所有的鳴叫
願望卻只能繫在風箏線上
當月輝灑落的時候
鋪滿土坑的　還有母親的俚曲
和父親寫在宣紙上的遠方

在發黃的老照片裏
我努力找尋久埋在往事中的快樂
那童年無奈又純真的歲月
是心中不滅的光

重陽尋夢

又是重陽　又見那雨疏風驟
嘆登高望遠的鄉愁
在手指點通的時空隧道裏
黯然神傷　碎成散落的黃葉
也碎成這淚一般的秋雨

愚公搬不走沁河邊上的王屋山
卻撬動了父母離鄉的無奈
旌旗漫卷　卻不見裊裊炊煙
躁動的號子淹沒了十里鄉情

昆都侖河斷流　陰山的缺口依舊
孩提的夢裏沒有草長鶯飛
卻有遊龍式的隊伍
蒼白滋生病態的純潔
讒言悄然埋入童心
在貓戲老鼠的規則中
鄉情　摔倒在人性的泥濘裏

又是重陽　又見那流螢飛渡
我的鄉愁隨光遠行
在千百度苦苦搜尋之後
最終卻淡為不敢觸碰的夢

北方的冬夜

雲層　濾去了月亮的溫情
那本就被冬天凝結的神話
夜色裏　只剩難以捉摸的冷光
映著遠處幾點孤寂的寒星

曠野　在厚厚的雪被下蜷縮著
春天已死去很久很久
赤裸的槎椏像被風撕裂的旗幟
幾聲犬吠　訴說著獵場裏
曾經的輝煌

當寂寞的仙人引身而退的時候
東方的天際現出神秘的魚肚
而冷光更冷　讓雪花堅硬而透明
夢著流淌的未來

這妖嬈淒美的長夜裏
除了熟睡的人們和冬眠的鳥獸
還有戰慄在寒冷中
等待黎明的生命

生活不過如此

確信你是一生最持久的朋友
無論你是站著還是躺著
都有一種久違的親切彌漫開來
如夏夜裏的風　又如
冬天火爐中噼噼作響的聲音

但我不會為你懸樑刺股
我要用硬朗的快樂
擋住那吹自車馬處慾望的風
去看渡頭落日
去聽秋水潺湲

我還要時常荷一把鋤頭
把雙腳夯進土壤
夯走慵懶長醉中的夢囈
去籬下採菊
去園中插柳

相信自己不是超凡的智者

有一天也會只留下餘灰
化作幽靈　飄在風裏
戀棧不去的卻是那份
對往事的追憶

懷念春天

秋風起了
我開始懷念春天
當那芳馥與明媚氤氳一處時
我正年輕

久積的冰雪　在我的院子前
拖著殘缺的背影遠去
簷苔牆莓　從陰蔽處
漸漸地露出頭來
大口地吐著幾世的蔥蘢

還有許多久未怒放的花
一下子擠滿了花圃
像兒時被封禁的格林兄弟
只有在月色岑寂的夜晚
才會窺入我的窗口
搭起蓊森濃鬱的童話世界

我知道那是久違的春天

低吟悲嘯的枝椏上
飽滿的音樂才剛剛響起
而那時　我正年輕

儘管冬天會趕走遷徙的候鳥
但蒼藍下的鳴唱從未停息
除了在雪地上覓食的麻雀
還有灘岩上
軒軒飄舉的鷹

秋風起了
我開始懷念春天
懷念我們年輕的時候
站在峭壁上大聲呼喊的歲月
那聲音像展翅的鷹
浮遊在九垓之上

借我一次青春

神啊！可否借我一次青春
讓我把秋風吹落的詩歌
帶回往昔　連同我贖回的果實
種在門前的庭園裏
有玫瑰　還有糧食

我要去更遠處挑更甘甜的水
我要顧惜我播下的種子
無論陽光燦爛　月桂淒唳
我要把我的篤定注入對神的祈禱
去聽遠方沉淨的鐘聲

我還要一枝獵槍紮一隻木筏
我要去跋山涉水
看遠離燈火和城市的風景
我要為我的種子尋找更好的肥料
一直待到秋日來時

神啊！借我一次青春吧！
我會把詩歌寫進豐碩的果實

秋咧

童年時　故鄉人把蟋蟀稱作秋咧
或許是因為牠的生命
短暫如秋收的喜悅

牠被聚集在專門的角落
那是孩提時見過的僅有的自由市場
幾個硬幣便可換回一個鬥士
以及對勝利後那高亢鳴叫的期待

在手指的驅使下
牠會在你兩隻手掌的遞接中拚命地奔跑
牠漸漸疲憊　也漸漸煩躁
牠長長的觸鬚開始向四處擺動
尋找發洩怒火的目標

同室操戈卻足夠慘烈
可無論勝負都逃不過季節的歸屬
卑賤的生命在孩子們洪荒的笑聲裏謝幕
可這有點血腥的遊戲
又會在蒼白的等待中輪迴

老祠堂

記憶中家鄉的那座老祠堂
拆了建　建了又拆
它最初的模樣　已變成了
秋日的感覺　無論世事如何變遷
每一個年頭都會蒞臨

拜祠堂的日子格外熱鬧
父親臉上的笑容
像熟透的麥粒　在陽光下
散着溫暖的色澤
他常講起修祠堂時低沉的號子
以及每一滴淌落的汗水
都是那樣飽滿

有許多年進不去祠堂了
可那個日子卻無法從日曆上撕下
父親會在那天穿上心愛的唐裝
危坐窗前
給我講很久遠的故事

離鄉很久了
祠堂變成了記憶裏父親的笑聲
常常漾在心底

六、霧裏看花

起風了

起風了
我在沉默中等待了許久
那湖水曾靜謐成翻轉的影像
白天鵝也幻作幾片浮雲

現在　可以暢快地呼吸了
我忍耐了許久的哭聲
被帶出很遠
落在視線不能牽起的地方

你一定和我一樣在苦苦等待吧
你是被自己囚禁了起來
那篇關於蒲公英的童話
被你在狹窄的書桌上一遍遍謄寫

起風了
湖水泛起漣漪
你可以聽到我的哭聲了嗎
我看到了從空中抖落的白色羽毛
伴著陣陣低沉的長鳴

藍花楹下的守望

我就這樣靜靜地坐著
迷失在這片亦藍亦紫的雲霧中

從筒狀的花萼裏噴湧而出
站在枝頭翩旋而舞
我不知該說是藍花楹蕾怒放了
還是沉默著的樹木開花了
或是這本就屬於大地的芬芳

這世上哪有孤立的生命
儘管你遠渡重洋而來
憂鬱淒美的身影
依舊透著天空一樣的寧靜
和火焰般跳動的浪漫

我就這樣靜靜地坐著
坐在這片亦藍亦紫的雲霧中
想像著絕望的深處
那一片海

故鄉村婦

你的目光曾是清澈的
像村前那條淘米洗衣的小溪
閱過麥田和炊煙　又一次次地墜入
那赤裸的啼哭

儘管這哭聲會驚起你心底的月亮
但你的歲月卻如黃河謠曲
百年不變的唱腔裏
你貧窮得只剩下了堅強

你生下來就在無形的低處
習慣了河床上流淌的聲音
以及井底被水桶擊破的迴響
可在暴風雨的重壓之下
你柔弱得只剩下了背叛

你的目光已渾濁不清
裹著村子裏踩不碎的流言
可你的淚水依舊是晶瑩而溫熱

滴著你無奈又無怨
透亮的一生

歲暮之城

夢裏　俯瞰這座城市
街道沉默如峽谷　如久違的往事
軌道與樓梯在空中交錯
幽靈卻赤裸著身體
拾級而上

這是一個禁足無奈的歲暮
商場裏貨物堆積
卻有一種堂而皇之的聲音
在叫賣著良知和尊嚴
那曾經動人的海闊天空
已凝在了這清冷的季節裏

夏天真的被永久埋葬了嗎
公園　廣場　樹木　河流
都和被遮去口鼻的面孔一樣
呆滯而暗啞

橋洞下　依舊有蜷屈的嘆息

寒風裏　顫抖的車輪
碾軋著佝僂的眼神
劏房中　孩子把聖誕的願望
種在自己狹小的床頭
童年盛開在家鄉院子裏的無憂草
如今枯萎在海港斑斕的夜色裏

多霧的冬天
海面已看不到幾片桅帆
在亂莽叢生的舞臺上
失語的美人魚
只能把淚滴在自己疼痛的舞姿裏

這也是一個寒冷的冬天
烏鴉從隱身的矮叢裏探出頭來
用喧騰的叫聲
抖落了溫暖最後的殘片

在那片熟悉的草地上

又可以躺在那片熟悉的草地上了
看天際處被雲鎖閉的深邃
維多利亞港岸邊矗立的摩天大樓
擠出一片窄窄的水域
兩側　則是霧中遼闊的遠海

我呼吸著澄澈的空氣
和天與海的深處慢慢絮語
那份神秘的顏色彷彿久違的朋友
一直住在我的心底
或許　我只有努力地向你靠近
才能拉開這虛幻的大幕

春天　讓遍地的生命燃燒起來
身旁的每一根小草都是一把把火炬
從洪荒的遠古走來
帶著悲涼　頑強　和幾分溫暖的春暉
點燃後熄滅　熄滅後再點燃
像日升夜落的太陽

我終於理解了這片草地
只要陽光不絕
它弱小的生命裏就永遠蘊含著
那光華耀目的靈魂

我躺在這片熟悉的草地上遙望
那窄窄的海港兩側
遼闊的遠海與深邃的天際處
正衝出一片遮不住的藍色

在冬天裏漫步

就這樣　我以風的節奏
踩著記憶中你曾經的足跡
漫步街巷

過往的行人都被媒體駭人的訊息
遮去了面龐　以及那
九音溫婉的問候
也凝成了冬天的霧霾

我不知到哪裏去尋你
甚至你留下的那些片言隻語
也變作發黃的殘葉
沒有了半點綠色的氣息

我真想乾脆就變成一陣風
至少明澈通透
來去自由
不用理會舞台上噁心的面具
和陰陽怪氣的假聲……

可我真的想你
想你沒有化過妝的體香　和你
口無遮攔的壞脾氣……

可此刻　我只能以風的節奏
漫步街巷
或許在路的盡頭
能看到破繭而出的你

為夢而生

生命是一張弓
那弓弦是夢想
——羅曼·羅蘭

夢裏　一切都是種子
我和我透著幽藍色的身影
也變成了土壤　在不知不覺中
長出了大片大片的陽光

我喜歡夢　喜歡愛做夢的夥伴
感覺他們離我很近
身上總有青草和野花的味道
這讓我想到創世紀的上帝
想到兒子剛從子宮裏爬出時
帶給我的那份驚喜

每一次夢醒後　我都會激動不已
哪怕是驚悚的噩夢

也會讓我的影子飄出很遠
像一支傳說中被后羿射出的箭
能穿破所有的風雨
也能穿破地表污濁的空氣

無法接受無夢的睡眠
生死已變得漸漸模糊不清
像日出而作　日落而息
記憶裏只剩年輕時的笑聲
和最後一個夢境

我有一個夢想

把時間輕輕拉回吧
讓街道變成阡陌
那巨樹上掛著的　是透亮的巢

我們荷鋤而行　席地而坐
時有《魏風》陣陣　飄來童聲
「逝將去女，適彼樂土」
願望像月光　可以覆蓋界碑
思想也能穿在身上
這個塵世　從很久很久以前開始
就是萬物生靈的舞台

我們也可以去周遊列國
感受不同的村落裏那不同的星火
或如孔子過泰山側
聽那泣婦吐真言

我有一個夢想
就是可以把時間輕輕拉回

在今天的月光下
讀舊時的文　聽舊時的歌

光陰的故事

當時空灰暗的時候
我只是一個沉默孤單的影子
卸下所有的記憶
與光一起飛馳　無聲無息

日子　終有露出笑臉的一刻
我要把自己種進土地
把愜意攬進懷裏
慢慢品嘗

從不畏懼與歲月告別
黑夜必定是白天的歸宿
日薄西山之時
把自己吐露成一片晚霞
回報自然的恩賜

所有的清澈都經歷沉澱
在光陰流逝的盡頭
不是裸露的河床
必是深深的海洋

北方的早春

風吹打著刺骨的冰霜
曠野上依舊可見帶血的羽毛
但在微黃的落日下
幾聲鳴囀帶來絲絲暖意

是送別同伴的輓歌嗎
是驚恐中穿透夜幕集結的號令嗎
寒星下沉默的大地
潛流不止

樹總是要綠　花總是要開的
讓肅殺的記憶　去
目送冬天殘缺的背影
身體裏開始有汩汩的聲音
有鳥兒斷續不絕的鳴唱

這聲音必是跨越了記憶
像一座七彩的橋
搭在黑夜和白天的鴻溝之上

蛇的一生

離開母體便被孤星照耀
只能在偶然中苟延自己的無奈
你聾得像塊石頭
可神奇的舌　和鼻眼之間的凹孔
讓你變得格外敏銳
還有那兩顆蓄滿毒液的牙齒
使凶狠覆蓋了孱弱

恐懼充滿了最初的兩個春秋
你沒有見過一次同伴間溫情的目光
但在桃樹般週期性地怒放之後
你終於敢仗劍天涯

你開始經歷生命遞嬗的茫然
但每當你爬出自己的軀殼
你和這個世界一起
變得五彩斑斕

二十年後　你的功力足以一劍封喉
可你卻時時能看到延伸而至的道路
以及陌生的牛羊狗貓
你的世界越縮越小
於是你不得不鋌而走險

在一聲伴有嗆人濃煙的巨響之後
你再也回不到自己的家園
夜晚　你在屍骸枕藉的碎石間遊走
當陽光再次溫暖你的身體時
那飄忽神秘直立的影子
進入了你最後的視野

舞

像一束束怒放的水仙花
浮游於寧靜縹緲的碧波之上
衣裙動處　漣漪陣陣
遠處　綴滿繁星的夜空
也在音樂的律動裏泛起春心

我彷彿已感覺不到自己的存在
像中了女巫的魔咒
唯有魂魄彌漫在空中
浸在那旋轉著愛與笑的肢體裏

此刻　我多想把酒問月
讓久埋心底的幽情穿越時空
我的視野漸漸模糊
耳邊吹過獅子山上任性的風

枯竭的田裏　幻化出蹣跚的愛神
魔杖輕點之處
春天真的隨你而至
窒礙中沉睡的心　也被你喚醒

黎明

天空像一個倒懸的深谷
無盡的幽遠
罩著我執著的天真

也只有這個時候最寧靜
憂傷像朵無名的小花默默地開著
在我和你沒有言語的交談裏
吐著一絲絲頑強的芬芳

我討厭那飄浮的雲彩
它總是在試圖遮擋著　那幾片
孤獨的星光
那是我與你僅剩的幾段回憶
它們曾在迷途中跋涉
也曾在歲月的縫隙間淺唱低吟

我知道那谷底必有清泉
有我夢裏期待的一切
一顆火熱的心也被隱藏起來

當浮雲散盡的時候
你會用微笑迎接撕開幕布的瞬間
在我們曾經約會的地方
在旭日與蔚藍之下

早春的雨

早春的雨是惹人討厭的
潮濕的空氣　裹挾著
冬天撤離後尚未散盡的寒氣
彌漫在整座城市裏
雨　有時像鞭子
抽打著人們臉上的焦慮
令呼吸都急促起來

這樣的季節總會滋生霉菌
各種生靈也已甦醒
變色龍們捕捉著表演的機會
躲在掩體的後面
發出顛三倒四的聲音

我真想衝到這雨裏大喊幾聲
甚至去做一次殊死的搏鬥
把這討厭的天氣和口罩一起撕碎
讓陽光回來
讓良知現形

這季節好煩　我好無奈
媒體上　那一張張散著油彩的面孔
卻依舊那樣淡定
像維港兩岸多彩的廣告牌子

在黑夜裏

晴朗　會讓黑夜變得平庸
蛙聲躍出井欄
淹沒在驕傲的星海裏
長不出潮汐的天際
一片暗啞

烏雲遮月的時候
森林裏掛滿異樣的目光
路燈照不亮夜空
沉重的色塊一點點墜下來
壓迫身影

時間　颳自心底的風
恐懼也會被一片片撕裂
天空會再度遙遠
尋找目光

總有一顆最耀眼的星星
會穿破雲層　黑夜裏

與一種久違的渴望相遇
那是　黎明的初現

香江印象

熹微的晨光把淡淡的溫情
披在你骨感的肩上
那蘊蓄而親切的藍色
描繪出簇簇擁而不擠的花團

雜而不亂的匆匆腳步
讓地鐵車站駛出無形的曠謐
叮叮響的有軌電車
紳士般的雙層巴士
背影裏總會閃著康橋邊的雲彩

隨處可見的報刊亭裏
聽得見人妖間嬉笑怒罵的爭吵
數以百計的圖書館內
勾勒著往事不同視角下的身形
會操英文的商販仍舊標著
十六兩一斤　碎銀幾蚊

女人街　洗衣街　金魚街……
皇后道　亞厘畢道　梳士巴利道……
石竹路　玉蘭路　丹桂路……
還有許多的教堂和牌坊
你是多棱鏡下七彩合一的世界

你又總在撩撥我的想像
喚醒我每一處沉睡的神經
我不想變成你的過客
卻想你依舊是我的生命

郊野外的遐思

郊野外的日出像久別的戀人
我與晨露一起靜靜地等待

在一個沒有被奴役過的角落
對話蔥鬱的樹木、花草
放逐心底一萬匹奔騰的駿馬
找尋失落在溪水裏的聲音

把虛偽的畫皮丟進山谷
集結起我所有散落四方的兄弟
我們要共同建造一處房子
我們一起談論詩歌　談論愛情
談論我們尚有餘溫的夢想

心囚在身體狹窄的籬牆內
聽郊野上百鳥的鳴唱
陽光灑進來　填滿莫名的空虛
於是　我融進了這片深邃

天鵝

波光瀲灩裏
你總會構築起更美的風景
舒展的寧靜與自由
卻震懾了蒼藍下驕傲的鷹

傳說你是天下美女的父親
有潔身自好的基因
你的雍容與妍美會令濤聲失語
會令陰霾散盡

你也是一艘白玉雕成的船
長著美麗的翅膀
因為高貴　從不挑釁
無論是結隊遠行或獨自漫遊
威嚴中散著寬容的氣度

朝暾初上時　你曲項向天
用和你身體一樣的旋律
講述你對生命的依戀和嘆息

並在自己吟唱的輓歌裏
優雅而去

你是天鵝
你是水上真正的王者

又是除夕

「兄弟　此刻你為何不舉杯暢飲
今夜又是除夕
新聞裏　你灑脫的聲音
已飄到青雲之上」

「不　這一切都不是我想要的
酒杯裏裝著太多的苦澀
那些光鮮的影子已經沒有了靈魂
甚至遠離了沙灘　草地
和孩子們快樂飄曳的風箏」

「朋友　此刻你為何不一展歌喉
今夜又是除夕
畫報封面上　你躊躇滿志的樣子
像山頂那常年不化的積雪」

「不　這並非我的初衷
我的嘴巴裏已噎滿苦水
只怪那淘金的路越走越窄

兄弟朋友都無法並行
在那幽僻的盡頭
哪還有溫情的綠蔭和篝火」

「姑娘　你為何不亮出曼妙的舞姿
今夜又是除夕
你捕獲了太多男人的目光
讓〈清平調〉裏的那句艷詞
都褪去了顏色」

「不　這一切都是曇花一現
我已透支了太多的麗日和雲彩
未來　或許只剩苦雨淒風」

星光

或許是街邊的燈火太過喧囂
或許是擁擠的人潮
淹沒了記憶裏童年的清澈
城市的夜晚　煙靄飛渡
已鮮有星星綴上慵懶的天幕

夜色裏　那條小白船
依舊漂浮在洶湧的渡口
黑暗中　擺渡人蒼涼的號子
應著橋洞裏被車輪輾碎的聲音

可總有星光會穿破封鎖
這點點璀璨本就與黑夜同生
撥開層層臃腫的偽裝
那萬千雙迷離沉醉的眼睛
終會被一一點燃

在黎明即將到來之時
星光或許與黑夜同歸於盡

你的面龐

濃綠的顏色擠滿眼眶
只是因為蜂蝶
我才注意到了花的存在
夏天來了
我會不由得想起你的面龐
窗前　我親手種植的花
怒放出了冬天裡我修剪過的心情
那塵封已久的聲音
彷彿我淚水浸泡的枯枝

我會由此認識很多種鳥
棲息在遠離窗口的枝頭鳴叫

這像極了我們曾住過的那間小屋
我站在你身後指點遠處的森林
希望會有白色的小船載我們漫溯
山那邊是海
是陽光明媚的地方

你難捨的衣裙掀起一陣風雨
海水畢竟還會擁抱蔚藍
我知道你會從陌生的遠方回來
相信這片土地吧
和你留在我心裡的面龐

感覺

想像一塊別致的墓碑
刻上自己最熱愛的詩文
在秋意闌珊的風裏
靜靜佇立　任血色殘陽
如何洶湧而來　身軀依舊挺拔

聽不到睡夢中的巴山夜雨
聲音被徹底隔絕　還有
那雙黑暗裏曾經明亮的眼睛
也只能看到多棱鏡後
那色彩斑爛的畫面　然而
冰冷的心漸漸在岩化著
向絕壁　向深淵

秋日裏濃綠的葉子
承聽著來自太陽的歌聲
燃成了濃綠的火焰
在鏗鏘有聲的隊列裏
已無法分辨　牽手的葉子

各自本來歸屬的樹種

穿越古戰場林立的刀劍
彷彿看到那破釜沉舟的楚人
在求生的吶喊中　還有
脫盡羽毛的兀鷲　向山峰
拍打著古銅色的翅膀

想起塞尚　以及
籠中哀泣的野獸
重新組合起立體的結構
詮釋著莫名其妙的感覺

那刻著我詩文的墓碑
依舊在秋意闌珊的心頭佇立著
而那抹血色殘陽卻在顫抖著
向火山　向風暴

漫遊者

> 兄弟，請你偕愛情與創造走向孤獨吧，
>
> 公正隔些時才能跛行而隨你。
>
> ——尼采

天空黑魅魅的　只有岩石發出清冷的聲音
遠處　鈴蘭花的脈搏微微起伏
追隨者們立在身後　聽它低低領唱
大片大片狂狼的目光飄來
充滿媚笑的空氣飄來
是我在檢閱它們　還是它們在檢閱我

粘稠而渾濁的記憶　從谷底慢慢湧起
聽不清腳步聲　眼前是起舞的道路
河流和山脈在熱烈地伴唱
沒有了理智　一切空虛而縹緲
一切都在粘糊糊的感覺中逝去
陌生的目光支配我　不安的情緒支配我
殘破的鞋子　腳趾裸露
泥土　殘葉　草汁在向我泣訴

洞開的世界　慾望如烈馬的鐵蹄

拋棄轟鳴的煙塵　飄逝了目光的足跡　含淚死去

猩紅的血像被撕破的旗幟

我　漫遊者　被血跡污染的人

被塵埃包裹的人　從支配我的世界裏走出

開始擁有我　開始走向莊嚴的死亡

把冷笑留給合唱的隊伍

它們在檢閱我　我也在檢閱它們

熱力依舊鼓動　道路依舊起舞

河流和山脈依舊在伴唱

龐雜的聲音　沒有旋律

人和動物是同一個音調

樹木和山川是同一個音調

理智漸漸醒來　尋找眼淚浸泡的世界

我往哪裏走　我不需要有誰為我指引道路

黑色的穹門下　路標誘惑著我的腳愚弄著我的腳

我感覺劫難從天幕上伸出無形之手

以它慣於欺玩的姿勢撕扯我

穹門攫住了我　我攫住了穹門

無力從碩大的眼睛裏逃脫

私心像白猿的爪　貪婪隨第一顆落入泥土的種子一起繁衍
走吧　我忽視路標　路標蔑視我
情願被愚弄　從來沒有想像
不可企及的白晝啊
沿著路標走下去

沉雷酣睡了無數個世紀　壓碎了無數季節
漫遊者們紛紛遁入空門
木魚之聲吞沒了所有騷亂的念頭
而只有屈從的人們　留下了一段段碑文
流著淚唱著頌歌

我的祖先　我的靜謐的夜晚
無數祈求平靜的死去的靈魂
復活吧　墳前冷淒的草使我領略了死亡的感覺
沒有一點回聲
殘月如鯊魚之腹在墨海裏僵硬地漂浮
我觸摸到了星光的心臟

穹門外有模模糊糊的人影
逝去了　無法合拍的笑聲
誰也聽不懂的語言

邁過去了　一切都很陌生　一切都很新鮮
繼續我的旅程吧
星光劇烈地跳動
踩碎無數片目光　驚醒了玉兔般的想像
躍然升入天際　糾合起星群
歌　唱起來了
歌　唱起來了

歸宿在哪裏　我的心臟
以及所有的內臟都無法擁有你
微小的生物　還沒有被人類命名的生物
用只有我聽懂的語言歡迎我

血　遠處道路上的血
我不再厭惡你　你已經成為我的情人
走　從劫難裏掙脫我的手
從穹門裏伸出我的手
縫合所有傷口　讓淚淌成河
讓魚兒在河中自由自在地游

時間慢慢流回去
流到遠古魚類的時代

流到海洋覆蓋的時代

我隨時間走　走成魚的化石　走成透明的水

化石重新等待　承受著漫長的磨難

水漸漸退卻　形成明朗的陸地

我又一次走進穹門

路標向我紛紛湧來　黑夜又一次板結

無法忍受的飢渴　踩著帶有餘熱的灰燼

目光在偌大的骨頭上搜索

朔源而上　踏入人跡絕無的洪荒

地殼在斷裂聲中起伏

慢慢回首　傳說漸漸復活

倒曳的石碑立起　白煞煞的胸肋長出血肉

那個掩涕而長嘆的老人

從長滿眼睛的河谷裏出來　低低吟唱

還有那個女人　終沒有逃脫頸上的繩索

天空高懸她的心　照著那匹金鞍玉轡的馬

和馬上那個暗暗抹淚的人

情緒四處流浪　心如冥冥黃昏

歲月和國度的界線漸漸模糊

蛇像條起伏的河流　向彩色的面孔

講述著人類的起源

聖誕城裏　第一座禪房聳起

好奇的人們在續編著盤古開天的故事

而一位靜坐面壁的少女

向菩薩默念著剛剛寫好的情書

兩眼藍色的清泉浮起無限虔誠

又一條戒規在清泉裏飄零

荒原上一次從未有過的午餐

嘴　眼睛和手一見鍾情

廚師們看著飢渴的我　顯出濃濃的微笑

色彩怪異的湯菜　帶有音響的主食

多情善感的餐具……

這就是我的午餐麼

走　那個沉默的孤獨者

把阿爾的人行道指給我　催促我漫遊

那個蓬頭垢面的瘋子

向我講述那個可怕的敲門聲　那個死神

走　往沒有腳印的地方走

腳下是偌大的骨頭

惠特曼　桑德堡　聶魯達從骨頭上站起

向我高舉綠色的手

我漫遊　我不需要有誰為我指引道路

播種者

從沒有離開過陽光
從沒有離開過慷慨的自然之魂
在暗黃的土地上
赤裸的肩背像秋葉
承受著不可抗拒的苦難
而與太陽一樣膚色的稻穀
簇擁著你的面龐、靈魂
以及辰日和葬禮

軀體如樹木
如蒼黃扭曲血氣散盡的樹木
在土地上默默繁衍
每一個姿態都投下了歷史
那貧血而又模糊的陰影
眼睛如暗啞的銅鈴
被鏽跡無情地封鎖
只有一道無意識的光芒
僵硬地射出　射向腳下的土地

期望在沉默中無數次衰落
變幻出無數次莫名其妙的微笑
疲憊的虹橫踞天空　如橋樑
面目憔悴的人手托玉器從橋上走下
車馬飄降　茅屋消失
宮殿金碧輝煌
物慾橫流
留給孩子們的內疚橫流
虛假的笑靨橫流

在清冷冷的天空下　鐮鋤種子
向心底沉沒　向下發芽
漸漸形成最強勁的平靜
金黃是最誘人的痛苦之色
滋養生命
滋養黑蝙蝠陰險的翅膀

播種者從森林中流浪而來
從山洞里舉著火把呼喊著而來
粗陋的舞蹈　原始的敬畏
從沉默而愚昧的眼睛中流出
夜晚散漫而來

橘紅的篝火成為第一首詩的產房
坦露的胸膛在火光中微微起伏
勾勒著生命的巍峨圖騰
土地被無數次翻覆
無數次接受人類痛苦的生命祈求

而陽光下這凝固的洪荒之水
向宇宙之魂奉獻她的樸實與沉默
以自然之父的名義記載
金屬與瓷器沉重的歎息
土地永遠暗黃
永遠向著不斷上升的時間
以她深沉而冷漠的目光
接受搖籃和墓地構成的風景
衰老的足音剛剛消逝
年輕的燒荒之火重又點燃
而墳前飄飛的紙灰成為最大的奢望
嘴角翕合深邃
汗水在痙攣的陽光下滴落
目光和天空一同灰暗
似乎完成了一個弄不清來由的旨意

從驚蟄中醒來
從飢餓的冬天醒來
在冰雪的融化中　對蛇
尋求報答與遺憾　屈身泥土
而喟然長歎的春分裏
明朗的願望昏眩了所有的苦難

當歲月錯動而來
天空便開始傾斜
開始使人窒息的喧噪
燦爛的光環誘惑著被欺騙的面孔
心和種子的手臂一起伸向天空
香火在毫無意義的等待中犧牲
赤條條的生命
無可奈何地接受自然的裁決
詛咒自己卑賤的命運

人字形的行列銜走了繁忙
明月又一次在黑幕上做著媚眼
夢中　彌補被秋風掠去的所有色澤
那紛紛揚揚的雪啊
宣諭開始了慘白的歲月

不願遊方
不願離開沒有炊煙的煙囪
一張張臉龐沉向冰冷的岩石
而岩石又沉向磚塊般沉重的黑夜
送葬的人群從朦朦的天色中走出
從山谷中緩慢但卻毫不猶豫地走出
沒有了哀嚎
古老的嗩吶之聲戛然而止
默默的眼淚流向蒼白的往事
和土地一樣的面龐
顯出從未有過的神情
希望顫巍巍抽芽

本創文學 92

我的父親母親

作　　者：邢　鐵
責任編輯：黎漢傑
封面設計：Zoe Hong
內文排版：多　馬
法律顧問：陳煦堂　律師

出　　版：初文出版社有限公司
　　　　　電郵：manuscriptpublish@gmail.com

印　　刷：陽光印刷製本廠

發　　行：香港聯合書刊物流有限公司
　　　　　香港新界荃灣德士古道 220-248 號
　　　　　荃灣工業中心 16 樓
　　　　　電話 (852) 2150-2100　傳真 (852) 2407-3062

海外總經銷：貿騰發賣股份有限公司
　　　　　　電話：886-2-82275988　傳真：886-2-82275989
　　　　　　網址：www.namode.com

新加坡總經銷：新文潮出版社私人有限公司
　　　　　　　地址：71 Geylang Lorong 23, WPS618 (Level 6),
　　　　　　　　　　Singapore 388386
　　　　　　　電話：(+65) 8896 1946　電郵：contact@trendlitstore.com

版　　次：2024 年 1 月初版
國際書號：978-988-70074-3-2
定　　價：港幣 98 元　新臺幣 360 元

Published and printed in Hong Kong

香港藝術發展局
Hong Kong Arts Development Council 資助

香港藝術發展局全力支持藝術表達自由，
本計劃內容並不反映本局意見。